LES BELLES LETTRES
DU PROFESSEUR ROLLIN

DU MÊME AUTEUR

J'ai réfléchi pour vous
Glénat, 2001

Les Grands Mots du professeur Rollin
Plon, 2006
et « Points Goût des mots », n° P1751

Desproges est vivant
34 saluts à l'artiste
(dir.)
« Points », n° P1892, 2008

Cahier de vacances pour adultes de 17 à 117 ans : bronzez en révisant tout ce que vous avez oublié ! : été 2008
(dir. en collaboration avec Christophe Absi et Vincent Haudiquet)
Chiflet & Cie, 2008

François Rollin

LES BELLES LETTRES DU PROFESSEUR ROLLIN

Ou comment écrire au roi d'Espagne
pour lui demander sa recette du gaspacho

Plon

La première édition de cet ouvrage a paru aux éditions Plon, en 2007, sous le titre *Les Belles Lettres du professeur Rollin.com*

TEXTE INTÉGRAL

ISBN 978-2-7578-1002-6
(ISBN 978-2-259-20739-3, 1re publication)

LE GOÛT DES MOTS

UNE COLLECTION DIRIGÉE PAR PHILIPPE DELERM

Les mots nous intimident. Ils sont là, mais semblent dépasser nos pensées, nos émotions, nos sensations. Souvent, nous disons : « Je ne trouve pas les mots ». Pourtant, les mots ne seraient rien sans nous. Ils sont déçus de rencontrer notre respect, quand ils voudraient notre amitié. Pour les apprivoiser, il faut les soupeser, les regarder, apprendre leurs histoires, et puis jouer avec eux, sourire avec eux. Les approcher pour mieux les savourer, les saluer, et toujours un peu en retrait se dire je l'ai sur le bout de la langue le goût du mot qui ne me manque déjà plus.

Ph. D.

À Joseph Kessel
et Joël Dragutin

Après avoir frôlé la disgrâce, l'écrit revient en force – même si le papier parfumé et les enveloppes gommées ont cédé le pas aux claviers et écrans de toutes sortes. L'art épistolaire – français à plus d'un titre – reprend du service. En conséquence de quoi, comme au bon vieux temps des scribes, les citoyens se retrouvent confrontés à la difficulté de rédiger une lettre, de bien la « tourner », la débuter, la conclure, l'agencer, la nourrir et l'embellir.

Homme de terrain depuis toujours, le professeur Rollin offre aux nécessiteux de la plume 59 lettres clés en main, 59 modèles pratiques, efficaces, de qualité professionnelle, et richement annotés.

Pourquoi 59 ? Pourquoi pas 58 ou 60 ? Il faut poser la question, par courrier, au professeur. Le modèle de lettre n° 1 a été conçu dans ce but précis.

1

Lettre au professeur Rollin pour lui demander pourquoi son ouvrage compte 59 lettres, et non 58, ou 60

Cher et respecté professeur,

Je tiens avant toute chose[1] à vous redire l'admiration sans bornes que je porte à vos travaux comme à votre personne. J'apprécie tout particulièrement vos *Belles Lettres* qui m'ont déjà plus d'une fois tiré d'embarras autrement inextricables. Un point cependant reste obscur à mes yeux : pourquoi ce chef-d'œuvre d'intelligence et d'astuce comporte-t-il 59 modèles de lettres, et non pas 58, ou 60 ? Ou 61 ? Ou 57 ?

Ma famille et moi-même nous perdons en conjectures[2]. Mon mari pense que vous avez élu 59 parce que ce nombre est premier. Mais j'objecte quant à moi que 57 et 61 sont tout aussi premiers, si ce n'est pas plus, et que vous les avez pourtant laissés de côté. J'ai tendance à faire davantage confiance à mon grand fils qui note que vous êtes natif du département du Nord, et que votre choix du 59 est un choix racinien, au sens où il est lié à vos racines. Mais mon mari objecte que vous avez bien autant d'attaches dans la Nièvre et dans l'Oise, et que par-dessus le marché vous n'êtes pas connu pour être d'un tempérament racinien, ni cornélien du reste.

Au terme de vingt-trois jours de polémiques tendues, notre seule ressource est de vous poser directement la question : pourquoi 59 modèles ? Surtout : pourquoi pas 58 ? Car je note que votre modèle numéroté 1, que l'on peut, pour la clarté du raisonnement, considérer comme le cinquante-neuvième et dernier, ce modèle n'a plus de raisons d'être si le lecteur n'a pas eu à s'interroger auparavant sur le choix d'un nombre de modèles égal précisément à 59. Partant de là, votre ouvrage comporterait un modèle de moins, soit 59 – 1 = 58 modèles, et cela constituerait une raison supplémentaire, désormais superfétatoire, de ne pas fournir un modèle pour vous poser la question d'un nombre de modèles égal à 59. La numérotation des modèles débuterait ainsi virtuellement à 2, et le nombre de modèles serait alors « doublement » ramené à 58.

Ci-joint[3] deux timbres pour la réponse, au cas très probable où le poids de votre lettre dépasserait 40 grammes.

---

1. **Chose** : même incipit que la lettre n° 29 ! Rien d'étonnant à cela : il est d'usage de dissimuler le vrai motif d'une lettre, souvent vindicatif, derrière un compliment introductif sirupeux et

ampoulé. On fait donc précéder de la formule « Je tiens avant toute chose » tout ce à quoi on ne tient pas réellement, pour pouvoir asséner un peu plus loin la fameuse chose à laquelle on tient vraiment. Exemple : « Je tiens avant toute chose à vous dire que je ne vous en veux en aucune manière. Je dois cependant à la vérité de préciser que je vous considère comme un gros porc. »

2. **Conjectures** : mot de patois landais ; en forêt, petits chemins sinueux dans lesquels on se perd assez facilement. Exemple : « Marie-Claude s'est perdue en conjectures ; fort heureusement, le garde-chasse connaissait la forêt comme sa poche, et il a conduit Marie-Claude vers la lumière. À la suite de cette mésaventure, ils ont échangé leurs coordonnées et se sont revus à plusieurs reprises, notamment un soir à Mont-de-Marsan, où ils ont dîné d'une solide ration de foie gras aux cèpes. » Seul le début de l'exemple est nécessaire à la compréhension. La suite est nécessaire à la réputation de la gastronomie landaise.

3. Se reporter à la note 2 de la lettre n° 29.

2

Lettre à un(e) libraire pour obtenir un conseil éclairé sur l'achat d'un livre devant servir de cadeau à une belle-sœur

Chère libraire, ou cher libraire,

Je vous écris pour vous demander conseil. C'est bientôt l'anniversaire de ma belle-sœur, et je souhaite lui offrir un livre – c'est toujours bien profitable, un livre, vous ne me contredirez pas sur ce point, et cela me coûtera moins cher que les très onéreuses pâtes de fruits de chez Granulovic que je lui offrais chaque année, ou que les follement dispendieux accessoires de salle de bains de chez l'imprononçable Bath House, accessoires ruineux (particulièrement les mitigeurs de baignoire) dont elle me parle à chacune de nos rencontres, mais ce n'est pas précisément ce qui m'amène.

Un livre, donc, un roman, de préférence, car je sais que ma belle-sœur ne prise guère les essais ou les nouvelles, et moins encore les biographies (il y a quatre ans, son fils cadet lui a offert une biographie de Franz Schubert : elle ne l'a jamais ouverte... Schubert, pourtant, excusez du peu !).

L'idéal serait un roman qui puisse la sortir un

peu de son cadre de vie quotidien, à Bois-Colombes... un roman dont l'action se situerait donc un peu loin de chez elle – pas à Pétaouchnok[1] quand même ! –, mais par exemple en Italie, pays qu'elle affectionne tout particulièrement, et pourquoi pas dans le sud de l'Italie, dans cette très belle région de Naples, ville historique et dont la baie est tellement romanesque, convenez-en. Un roman qui se passerait par conséquent à Naples et dans les environs très proches, mais qui n'évoquerait à aucun moment les problèmes du couple : le torchon brûle, en effet, entre ma belle-sœur et mon frère (qui a lui aussi ses torts, il faut bien l'admettre ; il est en particulier très réticent dès qu'il s'agit de passer l'aspirateur, mais ce n'est pas précisément ce qui m'amène). Idéalement, le livre raconterait l'histoire de deux jeunes femmes autour de la trentaine, plutôt jolies et en bonne santé, et qui, au cours de leurs pérégrinations, tomberaient (par chance, de préférence) sur un beau Napolitain travaillant dans l'informatique (ma belle-sœur est passionnée d'informatique) qui leur servirait de cicerone[2] pendant une dizaine de jours. Le roman comporterait donc de très intéressantes descriptions des vieux quartiers de Naples et évoquerait à plusieurs reprises, dans le détail, des recettes typiquement italiennes, notamment les légendaires *penne al arrabiata* – cela permettrait d'ajouter à la dimension romanesque un côté pratique très motivant pour ma belle-sœur, qui me dit toujours : « Je ne sais jamais quoi faire à dîner à ton frère. »

Pour faire grimper la tension, ce beau cicerone serait séduit par les deux femmes mais ne parviendrait pas, pendant 80 à 90 pages, à se décider pour l'une ou pour l'autre. Finalement, il jetterait son dévolu sur celle des deux femmes qui se prénommerait Corinne (le prénom de ma belle-sœur) ; ils passeraient une nuit d'amour torride et se quitteraient bons amis au petit matin en promettant de se revoir. La fin de l'histoire n'a pas tellement d'importance (je pense que ma belle-sœur ne finira pas le livre), ce qui élargit, chère ou cher libraire, l'éventail de votre choix.

Je vous saurais gré de bien vouloir me fournir la liste des romans correspondant aux critères énumérés ci-dessus, afin que je puisse faire mon choix avant que les délais soient forclos, au sens lacanien, cela va de soi.

---

1. **Pétaouchnok**, en dépit de sa vilaine sonorité, est un nom tout à fait propre, qui daterait de 1875, et que l'on définit généralement comme un « nom de fantaisie censé imiter un nom de village russe ou ukrainien ».

Familièrement, Pétaouchnok désigne donc un lieu imaginaire censé se trouver très loin, un village lointain, perdu, difficile à trouver.

Exemple : Les Dupont habitent à Pétaouchnok.

Autre exemple : Les Martin habitent à Pétaouchnok.

Troisième et dernier exemple, car je subodore

que tout le monde a compris : Les Bernard habitent à Pétaouchnok.

Naturellement, s'il existe une famille Pétaouchnok et qu'elle habite au diable vauvert, on dira que « les Pétaouchnok habitent à Pétaouchnok ».

Comme de bien entendu, Pétaouchnok a des synonymes, disons des équivalents, au premier rang desquels on citera Trifouilly-les-Oies, définie comme une « localité rurale imaginaire, un village perdu sans attrait particulier ». Trifouilly-les-Oies n'est pas seulement lointaine, elle est également, et contrairement à Pétaouchnok, d'une écœurante banalité.

Exemple : Les Dupont se sont retirés à Trifouilly-les-Oies.

Trifouilly-les-Oies, c'est un trou, sans verdure et sans rivière, c'est un bled paumé, parfois un coin pourri, surtout si on s'y livre, comme c'est probable, à l'activité cruelle qui consiste à gaver les trifouillesques oies.

Il serait injuste de ne pas profiter de notre élan voyageur pour réhabiliter la très lointaine Perpette-la-galette, charmant patelin perdu dont la spécialité supposée est une galette à laquelle je n'ai jamais eu le bonheur de goûter..., et surtout de redonner vie à Foum Tataouine, également appelée par une méchante dérision « Tataouine-les-bains ».

Foum Tataouine est une ville bien réelle du sud de la Tunisie, fondée sous le protectorat français pour assurer la pacification du sud du pays, et célèbre pour l'ancien bagne militaire de l'armée française qu'elle abritait. Foum Tataouine est surnommée la « porte du Désert », c'est assez dire qu'elle se trouve à Pétaouchnok, bien au-delà de Trifouilly-les-Oies.

2. Le **cicérone**, nom masculin, que l'on peut écrire à l'italienne, *cicerone*, ou à la française, cicérone, sachant que dans les deux cas il faudra prononcer « cicérone »... Le cicérone, c'est un guide appointé des touristes étrangers dans un monument, une ville, un pays. C'est celui qui montre aux étrangers les curiosités d'une ville.

C'est, par extension, une personne qui en guide une autre.

De cette façon, le cicérone est l'équivalent, à quelque chose près, du guide, du pilote ; une marche plus haut on trouve l'éducateur... et une marche plus bas le cornac, un mot qui nous vient de Ceylan pour désigner celui – car c'est, jusqu'à nouvel ordre, un homme –, celui qui est chargé des soins et de la conduite d'un éléphant... Ce qui permet de dire que le jeune et zélé militant socialiste qui pilote le Lillois Pierre Mauroy lors de sa visite au Futuroscope de Poitiers, ce jeune militant est, pour la circonstance, le cornac du susdit éléphant, son cicérone.

L'impact de la publicité et du radotage étant ce qu'il est, il est difficile de ne pas penser « guide » sans penser à l'épouvantable chanson de Gilbert Bécaud, intitulée *Nathalie*, une chanson qui, selon moi, est un monument de vulgarité, d'autosatisfaction bourgeoise et de suffisance machiste...

S'il fallait cependant trouver une qualité à cette

consternante bluette occidentaliste, il y aurait lieu de mentionner qu'elle nous apprend, dans sa crâneuse, ronflante et vaniteuse conclusion, que la relation de cicérone est symétrique : Gilbert (Bécaud) sera le cicérone de Nathalie comme Nathalie a été, à Moscou, le cicérone de Gilbert... Cette relation binaire de cicéronage est également transitive (si Jean est le cicérone de Pierre et Pierre le cicérone de Paul, alors Jean pourra être le cicérone de Paul), mais la relation de cicérone n'est pas pour autant ce qu'on appelle, dans la théorie des ensembles, une relation d'équivalence : il faudrait pour cela qu'en plus d'être symétrique et transitive, elle fût réflexive, ce qu'elle n'est pas ; en effet, quelque bonne volonté que j'y mette, je ne suis pas mon propre cicérone, à moins d'avoir atteint le plus haut degré de la schizophrénie, et encore...

Il ne semble pas que le cicérone ait un quelconque rapport avec Marcus Tullius, dit Cicéron, peut-être le plus grand orateur de tous les temps, et qui tirait son surnom d'une petite verrue sur le visage qui ressemblait à un pois chiche, *cicero* en latin.

Cicéron qui, en soutenant Octave contre Antoine, dans ses quatorze virulentes et inspirées *Philippiques*, précipita sa perte, dès lors que l'opportuniste Antoine eut rejoint, par opportunisme bien entendu, les rangs octaviens... L'issue était alors fatale : les séides des nouveaux alliés égorgent le grand Cicéron chez lui le 7 décembre 43, avant d'éliminer, pour faire bonne mesure, son frère et son fils. Antoine, sanguinaire et rancunier, fit même exposer aux Rostres la tête de

Cicéron ainsi que ses mains, qui avaient écrit les insupportables *Philippiques*. De nos jours, un tel dénouement est impossible, car il ne reste rien des susdites Rostres.

3

Lettre de rupture à une femme de quinze ans de moins que soi avec laquelle on a vécu quatre ans environ avant de se rendre compte, à l'occasion d'un incident sans importance, qu'elle avait un mauvais fond

Chère... (*prénom de la femme*),

Je ne t'aime plus.

Si je pensais à toi, j'aurais probablement des haut-le-cœur[1], mais je ne pense plus du tout à toi, ce qui règle le problème.

---

1. **Haut-le-cœur** : il existe en français neuf mots qui peuvent ainsi prendre de la hauteur : les chausses, la forme, le contre, la fidélité, le cœur, le corps, le fond, le parleur et le relief. La formation du pluriel des mots ainsi composés peut embarrasser les moins démunis, et il est d'urgente salubrité de faire le point.

Haut-le-cœur et haut-le corps sont invariables, même si le dégoût est très prononcé ou le cheval particulièrement rétif : on aura des haut-le-cœur, ils feront des haut-le-corps.

Le haute-contre, mot épicène, donne, au pluriel, dans la fantaisie, en promenant son *s*, suivant qu'il conserve ou pas son trait d'union : des hautes-contre, ou des hautecontres. Du moment qu'ils chantent, tout est en ordre.

La haute-fidélité règle le problème en n'apparaissant jamais au pluriel. Ce n'est pas très courageux, mais c'est tout à fait légal.

Le haut-fond et le haut-relief (les seuls à posséder des frères bas, bas-fond et bas-relief) sont sans surprise : ils admettent autant de *s* que nécessaire pour former des hauts-fonds et sculpter des hauts-reliefs. Ce n'est pas le cas du haut-parleur, qui ne modifie que les parleurs, comme vous avez pu l'entendre dans « les haut-parleurs ».

On retrouve une facétie du même ordre dans le placard du vestibule, où les hauts-de-chausses, intégralement variables, voisinent avec les hauts-de-forme, qui ne sont variables qu'à moitié.

4

Lettre au pape pour exprimer des doutes sérieux quant à l'existence de Dieu

Dites donc, Monsieur le Pape[1],

Je ne suis pas aussi instruit ni aussi intelligent que vous l'êtes, je ne suis pas aussi balèze que vous pour écrire des lettres habilement tournées et autres encycliques bien senties, et puis je n'ai rien contre vous en particulier… mais avec un peu de jugeote, vous ne voyez pas que tous les trucs que vous défendez – le bon Dieu, le Christ notre Père, le Saint-Esprit, l'Immaculée Conception, les saints thaumaturges[2], que sais-je encore… – sont autant de fariboles ? Dieu qui aurait créé la terre il y a quatre ou six mille ans, ça ne tient plus la route depuis deux siècles au moins, plus personne de sensé ne peut marcher dans la combine… Et puis la création du monde en sept jours, avec la femme fabriquée à partir d'une côte d'Adam, et puis votre gaillard qui marche sur l'eau et son père qui voit tout partout, c'est pas un peu des fables pour les gosses, tout ça ? Pour ma part, je ne sais pas si vous l'avez subodoré, je ne crois à rien de tout votre catalogue ; je prétends que Dieu n'existe pas, et que de surcroît il n'y a, contrairement à ce que disait François Marie Arouet, aucune nécessité de l'inventer.

En fait, ma question est : vous y croyez sérieusement, ou bien vous faites semblant d'y croire parce qu'il y a pas mal de pouvoir et de pognon à se faire avec ces balivernes grosses comme une maison ? Vous pouvez me répondre en toute franchise, je ne divulguerai rien, c'est simplement pour en avoir le cœur net : un grand garçon comme vous n'ajoute quand même pas foi à toutes ces inventions racoleuses, si ? La résurrection, ou même la multiplication des pains, vous me soutenez que ça tient debout ? Les yeux dans les yeux ? L'eau changée en vin, et les aveugles qui recouvrent la vue par imposition des mains, vous oseriez me le vendre en tête à tête ? Symboliquement, on est d'accord, c'est plutôt chouette et bien raconté... mais pour de vrai ? Vous ne sentez pas le gros piège à pigeons ? Ou alors vous le sentez mais vous faites mine de rien parce que vous n'avez pas d'autre boulot aussi peinard sous la main ? Vous convenez quand même, j'imagine, que c'est sur tout ce tralala et tous ces boniments que vos prédécesseurs ont bâti des siècles de crimes et d'horreurs, ont asservi ou exterminé des millions de braves gens. Là-dessus vous pouvez difficilement fermer les yeux, alors quoi ?

Moi je suis très ouvert au dialogue, par conséquent n'hésitez pas à cracher le morceau : je préfère que vous me disiez : « C'est des conneries, mais ça m'arrange de faire semblant », plutôt que de maintenir mordicus que vous y croyez sincèrement ! Je reconnais que vous avez, dans tout votre arsenal et fatras, des inventions assez bien foutues, comme l'épiphanie, la résipiscence, la sotériologie[3], c'est vrai que ça en jette ! Mais de là à balader des ribambelles de pauvres gars dans des croyances naïves, archaïques, antiscientifiques, et pour tout dire délirantes, de là à les asservir comme des bouseux, il y a quand même une marge, vous ne trouvez pas ?

Allez ! un bon geste ! avouez que tout ça c'est du flan et de l'opium pour le peuple ! Vous ne devez pas être à ça près, vous avez déjà changé d'avis sur pas mal de choses. Par exemple les limbes : quand j'étais gamin, on risquait le bûcher si on n'y croyait pas. Et puis finalement, non, on s'était mal compris, les limbes, ça n'existe pas... Alors l'Ascension, les Évangiles, la confession, l'extrême-onction... on ne pourrait pas faire un lot et tomber les masques ?

En tout cas, cher Pape, si vous preniez la bonne décision, celle d'admettre enfin que Dieu est une chimère et un leurre... moi je vous trouve un boulot aux petits oignons dans la pub.

Tschüss.

---

1. Le tour est un peu familier : c'est tout à fait volontaire. Il faut éviter de donner à une telle lettre un ton solennel, voire officiel, qui pourrait

déclencher des réactions en cascade au Vatican. Grâce à la formule « Dites-donc, Monsieur le Pape », votre courrier paraîtra insignifiant dans sa forme, et c'est le fond – qui en est l'enjeu réel – qui en sort gagnant.

2. La scène se passe chez l'un des plus grands cuisiniers du monde, Alain Passard. Si vous ne connaissez pas Alain Passard, je me permets de vous le situer en vous disant qu'il est de la famille de Pierre Gagnaire, de Christian Étienne, du défunt Bernard Loiseau, de Michel Trama, de Jean Delaveyne, de Jean-Michel Lorain, des frères Haeberlin, d'Antoine Westermann et de Georges Blanc, de Jean Bardet, de Jacques Cagna, de Guy Savoy, de Jacques Lameloise, de Jany Gleize, de Michel Rostang, de Didier Clément, de Jean-Paul Jeunet et de Roland Mazère, et je ne cite que ceux à la table desquels j'ai eu le bonheur de m'asseoir, et de manger... La scène, donc, se passe chez Alain Passard. Un client bien inspiré a commandé la fameuse « tomate confite aux douze saveurs, accompagnée de sa glace au romarin », emblème de la maison. Mais la tomate n'arrive pas, et le client s'impatiente (on est dans la fiction, on peut tout imaginer). Alors Alain Passard, excédé, fait irruption dans sa cuisine, et, à sa brigade pétrifiée, il hurle : « La tomate urge ! »

Maintenant que nous voilà débarrassés de ce calembour grossier, efforçons-nous, sérieusement, de restaurer dans sa dignité l'authentique thaumaturge.

Du grec *thauma* qui signifie « miracle ou prodige », et du grec encore *urgein* qui signifie « produire, opérer », le thaumaturge est tout simplement « celui qui fait des miracles ». À titre d'exemple, un gars qui, à partir de produits simples et courants, réussit à faire des miracles gastronomiques, comme c'est le cas d'Alain Passard, de Pierre Gagnaire, de Christian Étienne... ah oui ! je l'ai déjà dit... bref, un gars comme ça est un excellent exemple de thaumaturge laïc. Vous lui donnez une simple tomate, une courgette, un pigeon, un rognon de veau, un filet de sandre, quelques asperges, des petits-gris, un carré d'agneau, un homard breton, une truffe, un dos de cabillaud, quelques cèpes, un lapereau, des grenouilles, une pomme de terre, et il vous emmène au paradis.

Devinette récréative : M. et Mme Turge ont un fils cuisinier qui a trois étoiles au Michelin ?... Thomas. Thomas Turge.

Au chapitre des rimes, le thaumaturge ne fait pas de miracles. Il rime avec, par ordre décroissant de prestige : le démiurge, le dramaturge, « ça urge » et la purge. En revanche, le thaumaturge et sa thaumaturgie réussissent une belle position dans le dictionnaire, entre le thanatos et le thé. Un petit miracle !...

3. La **sotériologie**, c'est la théologie du Salut, non pas du salut qu'on échange avec quelqu'un qu'on croise dans l'escalier, mais le Salut avec un grand *S*, le Salut qui est, pour les chrétiens, et pardonnez-moi si je simplifie un peu, la déli-

vrance du péché et, par voie de conséquence, le passeport pour la vie éternelle.

Du reste, n'ayant aucune expertise quant aux choses de la religion, je préfère vous abandonner à l'apparemment très sérieux *Manuel de doctrine chrétienne* du docteur Wilbert Kreiss, qui nous apprend que la sotériologie est, je le cite, « l'ensemble des vérités qui concernent l'application aux hommes du salut que Jésus-Christ a acquis au monde entier. Elle englobe tout ce qui est nécessaire pour que l'homme pécheur, racheté et réconcilié avec Dieu par Jésus-Christ, parvienne effectivement au salut ».

Évidemment, tout cela est plus vite dit que fait, la partie ne se gagne pas si facilement, car il faut, pour que l'homme parvienne au Salut, et je cite encore le docteur Kreiss, « qu'il soit invité à ce salut par l'Évangile, qu'il se repente, qu'il soit converti, pardonné et justifié, sanctifié et maintenu dans la foi jusqu'à l'heure de sa mort ».

En vertu de quoi « la sotériologie comporte les doctrines suivantes : la vocation, la repentance, la conversion, la justification ou le pardon, la vie chrétienne ou la sanctification au sens strict du terme, la persévérance et la rédemption finale ».

Tout cela est si complexe et si alambiqué qu'au bout du compte le mot sotériologie lui-même m'apparaît soudain, au regard de tout ce qu'il recouvre, comme un mot simple et limpide. La sotériologie, c'est la problématique du Salut : c'est clair, c'est net, et ça peut même ouvrir l'appétit.

Pour être tout à fait complet et vous garantir

des vacances studieuses, je vous recommande l'ouvrage de M. Emilio Brito, professeur de théologie fondamentale et de philosophie de la religion à l'université catholique de Louvain, un ouvrage intitulé : *La Sotériologie de Fichte*. Bon : la sotériologie, vous connaissez maintenant, et Fichte, vous l'avez reconnu au premier coup d'œil, c'est le philosophe allemand Johann Gottlieb Fichte, auteur entre autres d'une *Méthode pour arriver à la vie heureuse*, philosophe né en Lusace en 1762 et mort en 1814 à Berlin.

J'entends votre question : « Professeur, est-il vraiment nécessaire de savoir tout cela ? » Je vous réponds : « Certes non, mais il est encore moins nécessaire de l'ignorer. »

P-S : Beaucoup de gens associent mécaniquement à la notion de salut la fameuse phrase : « C'est comme le port-salut, c'est écrit dessus ! » Rien de plus normal : ce slogan était en effet celui du port-salut, fromage français provenant à l'origine de l'abbaye du Port-du-Salut à Entrammes, dans le département de la Mayenne. On reste chez les croyants.

5

Lettre à un ami pour compatir à deux événements aussi regrettable l'un que l'autre[1]

Cher ami,

J'apprends par la bande que le cours de votre existence s'est assombri de deux incidents bien fâcheux : une importante fuite d'eau qui s'est déclarée au plafond de votre chambre à coucher, et une visite de votre fils unique au cours de laquelle le méchant garçon a causé (produit ? créé ? déterminé ? provoqué ? commis ?) un trou de cigarette sur le tapis persan de votre vestibule.

J'ignore – car on ne m'a que partiellement informé – si la fuite du plafond est intervenue avant ou après que votre fils soit venu[2] vous rendre cette visite fatale (au tapis), mais je puis vous dire sans détour que je considère avec un égal chagrin ces deux événements, et que je les juge aussi regrettable l'un que l'autre[1].

En espérant que ces deux anicroches ne seront pas suivies d'une troisième, ni d'une quatrième et moins encore d'une cinquième, je vous prie d'accepter, cher ami, l'expression de mes très vives camaraderie et fraternité.

---

1. « [Ils sont] aussi regrettable l'un que l'autre. » Comment faut-il accorder « regrettable » ? Il semble bien que le singulier s'impose, car l'un est regrettable, et l'autre est également regrettable. Et cependant l'absence du *s* choque incontestablement l'œil, et tout le cerveau qui y est relié, au moment de lire « ils sont aussi regrettable... », comme on écrirait fautivement « ils sont absent ».

On se tirera d'affaire en détournant l'attention du spectateur sur la formule « très vives camaraderie et fraternité », pour laquelle de toute évidence la camaraderie et la fraternité doivent rester singulières. La manœuvre est un peu grossière, mais il est avéré qu'elle fonctionne admirablement dans trois cas sur sept.

2. **Avant ou après**. Cette lettre compatissante est décidément pleine d'embûches. On se perd en conjectures au moment de trancher en faveur d'un verbe au subjonctif, que commande « avant que », ou d'un verbe à l'indicatif que commande « après que ». Avez-vous tranché avant ou après que je me suis prononcé ? Prîtes-vous votre décision avant ou après que je sois sorti du bois ? Tracas infinis, et raison supplémentaire de surveiller, de très près, et les fumeurs, et la plomberie.

6

Lettre à une marmotte[1] pour lui faire savoir qu'on ne s'étonnera pas qu'elle ne réponde jamais

Chère... (*prénom et nom de la marmotte*),

J'espère qu'il fait beau dans le... (*nom du massif montagneux où la marmotte est domiciliée*).

En réalité, et pour être très franc, le temps qu'il fait chez vous m'importe assez peu, mais on m'a trop souvent reproché de débuter abruptement mes lettres, et j'ai soin désormais de les ouvrir par une formule convenue, abusivement appelée « de politesse ».

J'entre à présent dans le vif du sujet. Le but de la présente est de vous faire connaître que je n'attends et n'attendrai pas de réponse à cette lettre. Je suis parfaitement conscient que trois raisons au moins expliqueront votre silence épistolaire : primo, vous passez le plus clair, si l'on ose dire, de votre temps, à hiberner[2] ; secundo, vous êtes, comme tous vos congénères, incapable d'écrire, ne fût-ce que mon adresse postale ; tertio, les conditions économiques de la vie en moyenne montagne sont notoirement rudes, et il y a fort à parier que vous n'avez pas les moyens de faire l'acquisition d'un timbre réglementaire.

Voilà pourquoi je sais que cette lettre restera sans réponse de votre part, et n'en suis nullement affecté.

P-S : Bien que je me désintéresse, comme je vous l'ai avoué, du temps qu'il fait chez vous, j'ai l'élégance, pour le cas où vous souhaiteriez quant à vous l'apparition d'un soleil radieux propice à ces siestes paresseuses dont je vous sais friande, de vous le souhaiter, pour ma part également, de tout cœur et de toute plume.

---

1. La **marmotte** a plus d'une corde à son arc sémantique : c'est une malle formée de deux coffres, s'emboîtant l'un dans l'autre, utilisée comme boîte à échantillons par les voyageurs de commerce et les colporteurs. C'est aussi le fruit du marmottier, autrement nommé prunier de Besançon, ou, très logiquement, prunier bisontin. C'est encore une coiffure de femme faite dans un foulard noué par-dessus les oreilles avec la pointe en arrière ou en avant. C'est, de surcroît, en termes de marine, un gros tube en fer dans lequel se trouvait la mèche qui était allumée en permanence sur les bâtiments de guerre.

Mais la marmotte est surtout un mammifère

rongeur très sympathique de la famille des sciuridés dont une espèce vit dans les Alpes et hiberne plusieurs mois dans un terrier (et non dans un marmottier). La marmotte, à l'instar de René Descartes, dort beaucoup. Elle dort même plus que ne dormait René Descartes, au point qu'on dit moins souvent « dormir comme René Descartes » que « dormir comme une marmotte », c'est-à-dire dormir profondément et longuement. En Auvergne, au XVe siècle, les adeptes de la sieste avaient pour mascotte une marmotte. Au siècle suivant, en raison notamment de l'abus de boissons fortes, ils avaient pour marmotte une mascotte (information non recoupée).

2. **Hiberner**. Quel épineux casse-tête que l'indispensable distinguo entre hiberner, avec son hibernation, et hiverner, avec son hivernage ! Hiberner, c'est passer l'hiver dans un état d'engourdissement. Hiverner, c'est passer l'hiver à l'abri. On peut donc hiverner sans hiberner, mais il est inconcevable d'hiberner sans hiverner. Par ailleurs, il n'existe pas encore de terme pour désigner ceux qui passent le printemps, l'été, l'automne, ou les trois réunis, à l'abri. L'Académie y travaille (quand le temps le permet).

7

Lettre au roi d'Espagne pour lui demander des bons plans touristiques et des tuyaux pour la confection du gaspacho

Sire,

Je suis français, né à... (*commune de naissance*), et j'espère que vous n'y verrez aucune étrangeté. J'ai l'intention de me rendre, au cours de mes prochaines vacances, dans le pays sur lequel vous régnez depuis maintenant x années avec compétence et mansuétude, et je voudrais, à cette occasion (qui ne se renouvellera pas forcément avant une dizaine d'années, car il y a beaucoup de choses à faire et à voir en Italie, en Suède, en Autriche, au Pérou, au Canada, en Hongrie, et même en Corée ou au Swaziland), m'enquérir auprès de Votre Majesté des bonnes adresses bon marché que vous pourriez connaître dans votre pays. Je compte sur votre diligence, même s'il est déjà quasiment certain que je me rendrai à Madrid par le train.

Pour optimiser la préparation mentale de mon voyage, je me dispose à consommer, en ouverture de chacun de mes repas jusqu'à la date de mon départ, une préparation typique de votre royaume, j'ai nommé le « gaspacho[1] ». Je n'ignore pas que ce potage glacé formidablement typique se compose de tomate, d'oignon, d'ail, de concombre, de poivron, sans parler du sel, du cumin, de l'huile d'olive et de la ciboulette... mais il est établi par ailleurs que certains y adjoignent de la mie de pain, tandis que d'autres considèrent cet ajout comme définitivement hérétique et proclament que la mie de pain donne au gaspacho un caractère pultacé[2].

Qu'en pensez-vous, Sire ? Le gaspacho de vos rêves comporte-t-il de la mie de pain, ou pas ? Votre position est-elle seulement arrêtée sur ce point ? Je compte sur votre franchise, même s'il n'est pas certain que votre automobile soit assurée.

Veuillez agréer, Sire, l'expression de mon enthousiasme débordant.

---

1. Le **gaspacho** est un potage froid. Le « gaspacho chaud » n'est plus un gaspacho. Néanmoins, il demeure potage, qu'on se gardera de confondre avec bisque, bouillon, brouet, consommé, garbure, julienne, minestrone, soupe et velouté. Il existe un bon moyen mnémotechnique pour se rappeler la liste (non exhaustive) de ces avatars de la soupe, mais j'ai oublié lequel.

2. **Pultacé** : adjectif, au féminin « pultacée », au masculin pluriel « pultacés », au féminin pluriel « pultacées » : « qui a la consistance de la bouillie ». Du latin *puls*, *pultis* : la bouillie.

À dire vrai, l'adjectif pultacé s'emploie principalement pour qualifier les exsudats de certaines angines... ces exsudats sont donc dits « pultacés » quand ils ont l'aspect et la consistance de la bouillie et qu'ils sont facilement dissociés dans l'eau. Les exsudats, nous sommes bien d'accord, ce sont les liquides organiques qui suintent au niveau d'une surface enflammée, qui passent dans les tissus à travers les parois de vaisseaux, et qui contiennent de nombreux leucocytes. Eh bien ces exsudats peuvent être ou ne pas être pultacés. Ils le sont quand ils ont l'aspect et la consistance de la bouillie.

Dès que l'on est sorti du cabinet médical, on peut rendre à l'adjectif « pultacé » la définition simple, et citée plus haut, qui en autorise l'usage courant : « qui a la consistance de la bouillie ». « À la cantine, on nous avait servi une sorte de flan pultacé indéfinissable. »

« Après le passage du 15 tonnes, il ne restait du pauvre hérisson qu'un amas pultacé encore fumant. »

« Depuis trois jours, nous étions égarés au plus profond de la forêt tropicale ; nous avancions péniblement ; nos bottes éculées s'enfonçaient dans des matières pultacées et généralement nauséabondes. »

Le mot « pultacé » est également très utile en poésie classique ou en poésie BTP :

Le goudron sur la route demeurait pultacé
Le rouleau compresseur n'avait pas pu l' tasser.

J'ai évoqué, il y a quelques lignes, les mésaventures d'un hérisson sur la route, à moins que ce soit le 15 tonnes qui roulait dans les champs... la même tuile pourrait tomber sur la tête d'une langouste... une langouste qui traverserait imprudemment l'autoroute du Soleil... ébloui, le chauffeur du 36 tonnes ne la verrait pas s'avancer, ou bien détesterait la langouste depuis sa plus tendre enfance, ou bien serait militant de la sauvegarde du vocabulaire... Dans tous les cas, il aplatit la langouste avec le train avant, puis logiquement avec les trains suivants, résultat : une langouste à la gomme... de pneumatique... un « crustacé pultacé ».

8

Lettre de confirmation d'une réservation pour une nuit d'une chambre simple avec douche à l'hôtel du Prince Bruno à Narbonne

Chère Madame, cher Monsieur... et cher couple de tenanciers si vous gérez la « boutique » à deux,

Je vous confirme ma ferme et profonde détermination à me rendre dans votre établissement narbonnais pour y accomplir en toute simplicité une authentique nuitée dans la nuit du... (*date de votre arrivée*) au... (*date du lendemain de votre arrivée*)... (*mois des deux dates. En cas de nuit d'un dernier jour de mois au premier jour du mois suivant, nous contacter, NdA*).

Je souhaite passer la nuit en question dans une chambre simple, tant au niveau de la taille du lit, que j'espère simple au sens où il serait le contraire de double, qu'au niveau de la simplicité stylistique et décorationnelle[1] de la chambre où est sis le lit simple correspondant à mon souhait. Tout espace attenant qui s'apparenterait à une kitchenette, une buanderie, une chambre frigorifique ou une grange à foin est à exclure de ma réservation, car je n'aurai l'usage d'aucun de ces équipements.

En revanche, et d'une manière très pressante, je vous confirme mon désir de jouir de la présence, dans un rayon de moins de douze mètres du lit, d'une douche délivrant un mélange réglable d'eau froide et d'eau chaude.

En cas de problème, vous pouvez me joindre à l'hôtel du Lion d'Or, qui se situe exactement en face de votre établissement, de l'autre côté de la rue[2], et où je réside depuis six ans.

---

1. L'adjectif « **décorationnel(le)** » est un néologisme, au même titre que « salagrindesque » et « atrumosique ». La grande différence est que décorationnel, avec son radical bien lisible, suggère un sens en rapport avec la décoration, alors que les deux autres exemples ne suggèrent rien du tout.

2. « ... **de l'autre côté de la rue**. » On se trouve donc ici en présence d'une lettre qui peut très bien être dispensée d'affranchissement et portée à pied chez son destinataire, dès lors que l'enveloppe comporte la mention EV, qui ne signifie pas « Extra Vieux » ni « Émile Verhaeren », mais « En Ville ».

9

Lettre morte

Madame, Monsieur,

Veuillez avoir la gentillesse de ne tenir aucun compte de la présente lettre, car nos services ont commis une erreur sur le destinataire.

Nous vous prions de bien vouloir excuser tout désagrément que cette erreur aura pu vous causer.

10

Lettre de confirmation d'une réservation pour une nuit d'une chambre simple avec douche et WC à l'hôtel du Prince Bruno à Narbonne

Chère Madame, cher Monsieur... et cher couple de propriétaires si vous possédez la « boutique » en commun,

Je vous confirme ma solide et invariable détermination à me rendre dans votre établissement narbonnais[1] pour y accomplir, dans les règles générales de l'hygiène, une roborative nuitée dans la nuit du... (*date de votre arrivée*) au... (*date du lendemain de votre arrivée*)... (*mois des deux dates. En cas de nuit d'un dernier jour de mois au premier jour du mois suivant, efforcez-vous de décaler votre séjour, NdA*). Je souhaite passer la nuit en question dans une chambre simple, tant au niveau de la taille du lit, que j'espère simple au sens où il ne serait ni double ni triple, qu'au niveau de la simplicité formelle et architecturale de la chambre où est sis le lit simple correspondant à mon ardent désir. Tout espace attenant qui s'apparenterait à une kitchenette, une buanderie, une cave à fromages ou un gymnase aux normes européennes est à exclure de ma réservation, car je n'aurai l'usage d'aucun de ces équipements. En revanche, et sur un mode très impérieux, je vous confirme mon souhait de jouir de la présence, dans un rayon de moins de quatorze mètres du lit, d'une douche délivrant un mélange réglable d'eau froide et d'eau chaude, et d'un WC en état de marche, quel que soit par ailleurs le sens de la marche.

En cas de problème, vous pouvez me joindre à l'hôtel du Tigre d'Argent, qui se situe exactement en face de votre établissement, de l'autre côté de la rue du Prince-Bruno, et où je réside depuis huit ans.

---

1. **Narbonnais**. Il faut rendre grâce à cette bonne vieille ville de Narbonne d'avoir su nommer ses habitants tout simplement des Narbonnais. On n'aura pas la même indulgence vis-à-vis d'Angoulême avec ses Angoumoisins, de Besançon, « vieille ville espagnole » selon Hugo, avec ses Bisontins, de Bourges avec ses Berruyers, de Cahors avec ses Cadurciens, de Château-Arnoux avec ses Jarlandins, de Châteaudun avec ses Dunois, de Draguignan avec ses Dracénois, de Dreux avec ses Drouais, d'Épernay avec ses Sparnaciens, de Foix avec ses Fuxéens, de Fontainebleau avec ses Bellifontains, de Gap avec ses

Gapençais, de L'Isle-Adam avec ses Adamois, de Lisieux avec ses Lexoviens, de Lons-le-Saunier avec ses Lédoniens, de Mirepoix avec ses Mirapiciens, de Neuves-Maisons avec ses Néodomiens, ni vis-à-vis de Paray-le-Monial avec ses Parodiens.

On aura une pensée réprobatrice pour Poitiers avec ses Pictaviens, pour La Rochefoucauld avec ses Rupificaldiens, pour Saint-Denis avec ses Dionysiens, pour Saint-Omer avec ses Audomarois, pour Saint-Pierre-des-Corps avec ses Corpopétrussiens, pour Saint-Yrieix-la-Perche avec ses Arédiens, pour Saulieu avec ses Sédélociens, pour Sens avec ses Sénonais, pour Val-d'Isère avec ses Avalins, pour Le Vésinet avec ses Vésigondins, et pour Vouvray et ses Vouvrillons.

On pourra même décerner un blâme amical à Béziers pour ses Biterrois, à Meaux pour ses Meldois, à Pézenas pour ses Piscénois, à Poissy pour ses Pisciacais, au Puy-en-Velay pour ses Ponots, à Rodez pour ses Ruthénois, à Saint-Dizier pour ses Bragards, et bien sûr à Villefranche-sur-Saône pour ses Caladois.

11

Lettre d'excuses à un gardien d'immeuble que l'on aura (un peu imprudemment) traité de « vieux phacochère répugnant »

Cher gardien,

Ma dernière visite en date dans votre immeuble a donné lieu entre vous et moi à une assez vive altercation. Alors que je venais visiter mes amis Chombardin[1], vos locataires du troisième, vous m'avez apparemment pris pour un colporteur et m'avez interpellé en ces termes : « Tu nous remballes vite fait ta camelote, mon bonhomme ! Dans l'immeuble, les vendeurs de gaufres, on n'en veut pas, c'est comme ça et tu discutes pas. » C'est alors que, sous le coup de la stupeur, je vous ai traité de « vieux phacochère répugnant ».

Je m'en excuse. L'erreur était de mon côté : votre physionomie ne rappelle que de très loin celle du phacochère. « Vieux ragondin répugnant » eût été infiniment mieux adapté à la circonstance et à votre vilaine bobine de sale petit gougnafier[2] fasciste.

Je ne manquerai pas, au cours de ma prochaine visite, etc.

1. Les **Chombardin**. Pierre-Louis et Chantal Chombardin, et leurs trois enfants : Raphaël, Lola et Capucine. Pierre-Louis est maître-chien chez SECU 2000, Chantal est maître de conférences à la Sorbonne. Leur couple tient sur l'idée que « l'important est d'être maître-quelque-chose, quelle que soit la chose ». Cette idée, selon Chantal, arrange bien Pierre-Louis.

Selon Pierre-Louis, « elle arrange bien tout le monde ».

2. **Gougnafier**. Ce mot peut avec bonheur se substituer, dans les échanges d'invectives, à la monotone et fade kyrielle des « connard », « enculé » et autres « fils de pute ».

Un gougnafier, c'est un bon à rien, un rustre, un goujat. On dit : « Il s'est conduit comme un gougnafier », et on le raye de la liste de ses amis. Ou bien on dit : « Tu n'es qu'un sinistre gougnafier », et « il » vous raye de la liste de ses amis, ce qui revient sensiblement au même.

Le gougnafier n'a pas de féminin. Non que sa formation soit délicate – on formerait aisément la gougnafière sur le gougnafier comme on a formé la greffière sur le greffier, la truffière sur le truffier ou la montgolfière sur les frères Montgolfier –, mais tout simplement parce que les femmes ne s'abaissent jamais à des comportements aussi répréhensibles que les hommes. Au music-hall, une telle affirmation est toujours suivie d'un chœur d'hommes s'écriant « hou hou », qu'on appelle une bronca, clameur d'indignation qui, elle, n'a pas de masculin.

Paradoxalement, le gougnafier ne manque pas d'amis, disons de proches, pour être plus juste : il y a le malappris, le rustaud, le mufle, le butor, le balourd, le goujat, le sauvage, le pignouf, si sympathique, le rustre, et même, me souffle-t-on, le pétrousquin, qui viendrait de l'argot des saltimbanques. Chacun, naturellement, a son identité propre, ses nuances spécifiques, mais ils forment, tous ensemble, une belle bande de malotrus.

Dans le dictionnaire, le gougnafier a deux voisins du dessus remarquables, et deux voisins du dessous un peu moins recommandables. Au-dessus, la gouge, outil de menuisier ou de sculpteur, et la gougère, tarte au fromage. En dessous résident la gouine, prostituée ou homosexuelle, suivant les époques, et le goujat, ami de toujours du gougnafier, « homme sans usage manquant de savoir-vivre et d'honnêteté, et dont les indélicatesses sont offensantes ». Cette cage d'escalier est une poudrière – formée sur poudrier.

12

Lettre à un proche pour s'excuser du pendable « coup de la mayonnaise »

Cher... (*inscrivez ici le prénom du proche*),

C'était hier soir, vers... (*précisez ici l'heure de l'incident*), au restaurant... (*mentionnez ici le nom de l'établissement où le désastre s'est produit*). Nous mangions tranquillement d'excellentes langoustines, arrosées d'une troisième bouteille de chablis de chez... (*indiquez ici le nom du vigneron ou du négociant*), lorsque soudain je me suis levé, comme un seul homme, alors que nous étions deux, je me suis levé sans crier « gare », mais en hurlant les premiers mots de la chanson *Allons à Messine pêcher la sardine*... Concomitamment, je me suis emparé du bol de mayonnaise[1], et, terminant la chanson « ... allons à Lorient pêcher le hareng », j'ai pris la mayonnaise à pleines mains et je te l'ai tartinée dans les cheveux, en concluant, de manière parfaitement erronée : « Et pan, dans les badigoinces[2] ! »

Même avec le recul, je ne parviens pas à m'expliquer mon geste. Je n'arrive pas à trouver un rapport logique entre la mayonnaise, ta chevelure et la pêche en mer. J'ai l'impression d'avoir été victime d'un coup de sang, que je mets sur le compte des olives vertes légèrement pimentées dont j'avais probablement abusé à l'apéritif. Je te renouvelle donc toutes mes excuses et te propose, pour tourner cette sombre page, de venir dîner avec moi mardi prochain chez... (*écrivez ici le nom de l'établissement où aura lieu la réconciliation*), aux alentours de... (*donnez ici l'heure du début de la réconciliation*). Ils font de très bonnes langoustines, et ont un excellent chablis de chez... (*reportez ici le nom du vigneron ou du négociant cité plus haut*).

Et n'oublie pas de te laver les cheveux, gros dégoûtant !

Ton copain... (*rappelez ici votre prénom*).

---

1. **Mayonnaise** : on n'en finit pas de débattre sur l'étymologie de cette sauce très présente aux abords des œufs durs, de la langouste, ou des frites en version rapide. Elle tirerait son nom de Mahón, capitale de Minorque dans les Baléares, conquise en 1756 par l'amiral du Plessis de Richelieu, qui en aurait rapporté la sauce « mahonnaise ».

D'autres écoles affirment que la mayonnaise vient de la magnonaise (du verbe magner, ou manier) ou de la moyennaise, dérivée de moyen ou moyeu qui signifie jaune d'œuf en vieux français.

À moins qu'il ne s'agisse, en provenance de Bayonne, de la *bayonnaise* ?

Le mystère, ainsi qu'une belle mayonnaise, ne cesse de s'épaissir.

2. **Badigoinces** : nom féminin pluriel, mot argotique pour désigner les lèvres, également appelées « babines ». Les babines sont en principe les lèvres, de préférence pendantes, de certains animaux, mais elles concernent aussi l'homme, ou la femme, dans l'expression « se lécher les babines », qui signifie « se réjouir à la pensée d'une chose délectable ». Exemple concret : « Ayant entendu dire qu'on allait prononcer le mot "badigoinces", le joyeux francophile se léchait les babines avec gourmandise et délectation, ce qui est à peu près la même chose. »

Je n'aime pas parler de moi, mais c'est mon papa qui m'a appris le mot « badigoinces ». Il en faisait du reste un usage restreint, le réservant à l'expression colorée qui confirme qu'un bourre-pif, décoché par quelque belliqueux castard, a bien atteint l'objectif qui lui avait été assigné : « Et pan ! dans les badigoinces ! » L'expression ne se limite pas toutefois au commentaire des pugilats. Elle trouve généralement sa pertinence au milieu d'une vive argutie, lorsque le plus roué des protagonistes décoche à la barbe de son rival une saillie bien sentie qui laisse sa victime coite et dépitée. Coite surtout, ce qui permet au commentateur, dans le silence qui suit, de commenter la victoire en ces termes : « Et pan ! dans les badigoinces ! »

Notez au passage que toutes les parties du visage ont de nombreux équivalents en argot ou en langage familier : le nez, c'est le pif, le blase ou le blair ; la bouche, c'est la gueule, la margoulette ou le suçoir ; les yeux, ce sont les mirettes, les billes ou les quinquets* ; les cheveux, ce sont les tifs ou les douilles ; les oreilles, ce sont les feuilles, les esgourdes ou les portugaises ; et la tête, qui regroupe le tout, c'est la bobine, la fiole, la tronche ou la trombine.

« Il m'avait foutu de la mayonnaise partout : dans les tifs, sur le pif, dans la gueule, dans les esgourdes et même dans les quinquets. Je lui aurais volontiers éclaté la tronche » (Gérard Billon, *Une soirée au restaurant*, avril 2007).

* Excellent exemple d'antonomase. Le quinquet est une ancienne lampe à huile à double courant d'air dont le réservoir était situé au-dessus de la mèche, et qui porte le nom de son inventeur, Antoine Quinquet, pharmacien français, éponyme par conséquent, né à Soissons en 1745 et mort je-ne-sais-où en 1803. Il y a une controverse autour de ce M. Quinquet : il est en effet établi que Quinquet n'a fait que perfectionner le bec d'Argand, invention de son ami Ami Argand. Ami Argand était un savant genevois, qui a inventé la lampe à double flux d'air, appelée « Bec d'Argand ». Quinquet y a ajouté une cheminée de verre et, à partir de ce moment-là, il a vendu la lampe sous son nom à lui. Accusé d'indélicatesse, Antoine Quinquet s'en serait sorti en arguant qu'Ami Argand était un ami, et en déclarant

« Genevois pas le problème ». L'histoire est vraie, seuls les derniers développements relèvent d'une spéculation toute personnelle.

Mais la bonne étoile de Quinquet n'allait pas s'arrêter en si bon chemin, puisque les quinquets, après avoir éclairé pendant des lustres, si j'ose dire, rues ou tavernes... les quinquets ont inspiré l'argot qui a baptisé nos yeux « nos quinquets », pour changer un peu des « mirettes ».

Et vous allez voir comme tout se tient. Prenez le nom d'Argand, le Genevois du bec ; perfectionnez-le en enlevant la barre verticale du D ; agitez énergiquement, laissez décanter quelques secondes, et vous obtenez le nom d'Aragon, qui a écrit : « Le bonheur n'est pas un quinquet de taverne. » Tout se tient.

Comment le dictionnaire a-t-il rangé le quinquet ? Il l'a glissé entre le quinquennat et le quinquina. Le quinquennat, une durée de cinq ans. Le quinquina : un vin apéritif à base d'écorces. Passer un quinquennat à boire du quinquina à la lueur d'un quinquet : quel beau projet !

Plus exaltant que le projet obtenu sur la base, non plus de cinq, mais de quatre : passer le quartidi dans son quartier à écouter un quartette jouer des quartes. Pas des cartes à jouer, mais des intervalles de quarte. Pas du tout des quintes. Des quintes de toux. C'est le quintette qui joue des quintes. De quintuples quintes, tous les quintidis.

13

Lettre à un génie du théâtre pour lui faire savoir qu'on juge qu'il en est un

De… (*inscrire ici vos nom, prénoms, adresse postale, date et lieu de naissance, numéro de Sécurité sociale, adresse courriel, téléphone fixe et mobile, fax ; joindre un RIB, une fiche d'état civil et un extrait de casier judiciaire*).

… à Philippe Caubère, acteur de théâtre.

Cher Philippe Caubère,

Je considère que vous êtes un authentique génie du théâtre. Vous avez embelli ma vie, et je vous en remercie.

14

Lettre à un génie de la bande dessinée pour lui faire savoir qu'on juge qu'il en est un

De... (*inscrire ici vos nom, prénoms, adresse postale complète, date et lieu de naissance, numéro de Sécurité sociale avec sa clé à deux chiffres, adresse courriel, téléphone fixe et mobile, fax, télex ; joindre un RIB, une fiche d'état civil, une photo couleur et un extrait de casier judiciaire*).

... à Daniel Goossens, auteur de bandes dessinées.

Cher Daniel Goossens,

Je considère que vous êtes un authentique génie de la bande dessinée. Vous avez embelli ma vie, et je vous en remercie.

15

Lettre à un génie de la cuisine pour lui faire savoir qu'on juge qu'il en est un

De... (*inscrire ici vos nom, prénoms dans l'ordre de l'état civil, adresse postale complète, code de la porte, date et lieu de naissance, situation familiale, numéro de Sécurité sociale avec sa clé à deux chiffres, adresse courriel professionnelle, adresse courriel privée, téléphone fixe et mobile, fax, télex, adresse en poste restante ; joindre un RIB, une fiche d'état civil, deux photos couleur, trois timbres au tarif en vigueur, et un extrait de casier judiciaire certifié conforme*).

... à Christian Étienne, restaurateur à Avignon (84).

Cher Christian Étienne,

Je considère que vous êtes un authentique génie de la cuisine. Vous avez embelli ma vie, et je vous en remercie.

16

Lettre à un génie de la comédie pour lui faire savoir qu'on juge qu'il en est un

De… (*inscrire ici très lisiblement vos nom, prénoms dans l'ordre de l'état civil, adresse postale complète de la résidence principale et le cas échéant de la ou des résidence(s) secondaire(s), codes de toutes les portes, de toutes les fenêtres, de la lucarne et du soupirail, situation familiale, dates et lieux de naissance du conjoint et de tous les enfants, numéros de Sécurité sociale de chacun avec leurs clés à deux chiffres, adresses courriel professionnelles, adresses courriel privées, téléphones fixes et mobiles, fax, télex, adresses en poste restante ; joindre un relevé de patrimoine établi devant notaire, trois RIB, autant de fiches d'état civil qu'il y a de personnes au foyer, vingt-sept photos couleur par tête de pipe, quarante timbres au double du tarif en vigueur, un extrait de casier judiciaire certifié conforme, et un sachet de 150 grammes de thé de Chine*).

… à Benoît Poelvoorde, acteur de cinéma.

Cher Benoît Poelvoorde,

Je considère que vous êtes un authentique génie de la comédie. Vous avez embelli ma vie, et je vous en remercie.

17

Lettre à un génie du dessin de presse pour lui faire savoir qu'on juge qu'il en est un

De... (*inscrire ici très lisiblement à l'encre verte vos nom, prénoms dans l'ordre de l'état civil, adresse postale complète de la résidence principale et le cas échéant de la ou des résidences secondaires, ainsi que de l'ensemble des pied-à-terre pouvant être utilisés au cours de l'année fiscale, codes de toutes les portes, de toutes les fenêtres, des lucarnes et des soupiraux*[1], *situation familiale, dates et lieux de naissance du conjoint et de tous les enfants, des parents, grands-parents, oncles, tantes, cousins, neveux, nièces et cousines, numéros de Sécurité sociale de chacun avec leurs clés à deux chiffres, adresses courriel professionnelles, adresses courriel privées, téléphones fixes et mobiles, fax, télex, adresses en poste restante, correspondants à l'étranger ; joindre tous les livrets militaires, trois relevés de patrimoine établis devant notaire, une flopée*[2] *de RIB, quatorze boîtes à biscuits remplies de neige, autant de fiches d'état civil qu'il y a de personnes dans la famille élargie, cinq albums de portraits couleur par tête de pipe, cinquante carnets de timbres au triple du tarif en vigueur, huit extraits de casier judiciaire certifiés conformes, un sac de 150 kilos de thé de Chine, et une moissonneuse-batteuse*).

... à Denis Pessin, dessinateur de presse.

Cher Denis Pessin,

Je considère que vous êtes un authentique génie du dessin de presse. Vous avez embelli ma vie, et je vous en remercie.

---

1. **Soupiraux**. Les noms en -ail font leur pluriel en -ails, sans rechigner, à l'exception de bail, corail, émail, fermail, gemmail, soupirail, travail, vantail, ventail et vitrail, qui préfèrent le pluriel en -aux : baux, coraux, émaux, fermaux, gemmaux, soupiraux, travaux, vantaux, ventaux, vitraux. Mais ces exceptions comportent quelques exceptions : en particulier, le corail change de pluriel quand il n'est pas l'animal microscopique qui forme des récifs et des barrières, mais la partie orangée de la coquille Saint-Jacques : des coraux dans le lagon, des corails dans la coquille. Bail, de son côté, se fait baux quand il est tout seul, mais bails quand il est associé : des baux emphytéotiques, des crédits-bails.

Quant à l'ail, il réussit sa légendaire pointe, dite

« pointe d'ail », en s'offrant un double pluriel : ails et aulx.

2. **Flopée**. Le mot « flopée » est un équivalent, en moins vulgaire, de la tripotée, et désigne sans plus de précision « une grande quantité ». Voici par exemple une flopée de mots rares équipés de leurs définitions : un « adobe », c'est une brique non cuite, séchée au soleil. Un « ophicléide », c'est un gros instrument à vent, en cuivre et à embouchure, muni de clés. Une « dryade », c'est une nymphe protectrice des forêts, et le « faldistoire », c'est le siège liturgique des évêques, qu'il ne faut pas confondre avec le fan d'histoire, qui est en général agrégé. Une « maritorne », c'est une femme laide, malpropre et désagréable, alors qu'un « mirliflore », c'est un jeune élégant content de lui. Le « paraclet », c'est le nom donné au Saint-Esprit ; « stuporeux » signifie relatif à la stupeur, « chryséléphantin, chryséléphantine » se dit d'une sculpture antique dans laquelle on employait à la fois l'or et l'ivoire, une « nitescence », c'est une clarté, une lueur, ou un rayonnement ; et « inchoatif » se dit des formes verbales exprimant une action commençante ou une progression. Une « scrofule », c'est exactement comme des écrouelles, l'« épiclèse », c'est l'invocation du paraclet, autrement dit du Saint-Esprit, un « anagyre », c'est un petit objet ellipsoïde rotatif capricieux trop long à expliquer, « caligineux » signifie « qui est de la nature du brouillard », au propre comme au figuré, un « centon »,

quand il n'est pas de Provence, c'est une pièce de vers ou de prose faite de fragments empruntés à divers auteurs, la « géhenne », c'est l'enfer, et un « trimard », c'est un chemin en argot.

Voici maintenant une flopée de mots rares sans garniture : bayadère, cyrénaïsme, ambitus, méphitique, asdrubal, ataxie, propitiatoire, baraterie, dirimant, parousie, entéléchie, séide, eudémonisme, sotériologie (voir p. 26), hyperbate, neume, ontologique, synallagmatique et vaticiner.

Nous nous en tiendrons aux deux flopées ci-dessus. Il ne nous semblerait pas sain, en effet, de poursuivre jusqu'à constituer une flopée de flopées.

18

Lettre à un moniteur de ski pour mettre en doute ses capacités pédagogiques

Cher... (*inscrivez ici le prénom du moniteur*),

Je souhaite par la présente lettre porter à votre connaissance les faits suivants : au cours de la deuxième quinzaine de février, j'ai effectué un séjour aux sports d'hiver avec ma nièce de sept ans... (*inscrivez ici le prénom de votre nièce de sept ans*). Location de l'équipement, achat des forfaits infalsifiables, télésiège des Marmottes, et nous voilà partis dans la descente de la piste bleue dite « Les Marmottes bleues ». Dès le troisième virage, dit « Virage des Marmottes », je réalise avec stupeur que la gamine n'est pas dans le rythme. Elle chute tous les 4,50 mètres, son visage reflète l'expression d'une quasi-panique, et de grosses gouttes de sueur perlent sur son front brûlant, malgré une température avoisinant les – 4°. Après une nouvelle chute de la gosse, je déblaye tant bien que mal les vingt-cinq kilos de neige qui la recouvrent, et je lui fais part tout à trac de mon sentiment.

— Capucine[1], lui dis-je, je ne te sens pas dans le rythme.

— En effet, me répond-elle dans son langage de jeune, je rame un peu.

— Il me semblait pourtant que tu avais un niveau honorable en ski. N'as-tu pas pris des cours l'an dernier ?

— Si ! On a passé trois semaines à Morzine avec papa et maman, et j'ai pris une heure de cours chaque matin !

— Diable, diable ! Le mystère s'épaissit ! Comment s'appelait donc ton moniteur ?

— Son nom, je ne sais pas. Son prénom, c'était... (*inscrivez ici le prénom du moniteur*).

De retour à Aubervilliers, je me suis empressé de rechercher tous les... (*inscrivez ici le prénom du moniteur*), moniteurs à Morzine. Or, mon cher... (*inscrivez ici le prénom du moniteur*), vous êtes le seul... (*inscrivez ici le prénom du moniteur*) de toute l'école de ski. C'est donc vous qui avez dispensé des cours à Capucine, avec le résultat plus que médiocre que je viens de vous décrire. En bas des Marmottes, l'enfant était éreintée et contuse[2], et elle n'a pas eu trop des quatorze jours restants pour se remettre, dans le cadre heureusement douillet du salon-télévision de l'hôtel des Marmottes, où nous séjournions.

Comprenez-moi bien : ce n'est pas votre niveau technique personnel que je mets en doute, mais bien votre capacité à transmettre le savoir-faire qui est, je n'en doute pas, le vôtre. Skier, c'est une chose ; apprendre à skier à une gamine de sept ans par ailleurs très émotive, c'en est une autre. Vos cours n'ont servi à rien, et je me demande même si vous n'avez pas fait régresser votre élève, ce qui serait un comble, admettez-le !

Je suis très calme, mais j'attends vos explications.

---

1. À ce stade de la lettre, écrivez systématiquement Capucine, même si votre nièce de sept ans ne s'appelle pas Capucine. Le moniteur corrigera de lui-même. C'est l'été, et il n'a que ça à faire.

2. **Contus**. Le mot « contus » appelle de ma part le commentaire suivant : il y a quelques décennies, mes parents me conçurent. Ce fut ma conception, personnelle, et elle n'était pas immaculée, me semble-t-il, même si je n'ai pas assisté aux événements. Bref, je fus conçu. Dix ans plus tard, je laissai choir la paire de jumelles que m'avait prêtée mon père, même s'il ne l'avait pas conçue, cette paire, ce père... dans la mer Adriatique que nous traversions à bord d'un navire de gros tonnage, bien qu'il ne se rendît point à la pêche au thon. Bref, je fus confus. Mon père, emporté par un très compréhensible emportement, me décocha alors un bon coup de pompe dans le train, bien que nous fussions sur un bateau et que ce modeste bateau n'affichât nulle pompe, hormis de vidange. Bref, je fus contus.

Conçu, confus, contus... c'est le dernier qui

nous intéresse dans l'affaire Capucine : contus au masculin, et au féminin « contuse », éventuellement en quatre mots, « qu'on t'use », pour bien marquer la lassitude causée par une série de contusions successives...

Contus signifie : qui présente ou qui a subi une contusion. Une contusion, c'est une lésion produite par un choc, sans qu'il y ait déchirure de la peau. Un bleu, deux bosses, trois ecchymoses sont autant de contusions.

Attention à la confusion entre la « contusion » et la « courbature », sensation de fatigue douloureuse due à un effort prolongé ou à un état fébrile ; la courbature, c'est ce qui vous rend « courbaturé », ce qui n'est pas tout à fait la même chose que « courbatu » : vous êtes courbatu quand vous ressentez une lassitude extrême dans tout le corps. En revanche, si ce sont des courbatures que vous ressentez, vous êtes courbaturé. Et si c'est bleu là où ça fait mal, vous êtes contus.

Ayant désormais bien cerné « contus », vous me demandez, et c'est votre droit, ce qu'il convient de faire de « contusionné », qui signifie « blessé par contusion ». La nuance est fine, en effet. C'est l'individu que l'on dit contus, et c'est son corps que l'on qualifie de contusionné. On peut dire d'un enfant battu qu'il est contus, mais il faut dire – si c'est le cas bien sûr – que « le cul de l'enfant battu est tout contusionné », et non contus. Pour une fois, entre les deux mots, il ne faut pas choisir le moindre. Et dans tous les cas, il convient de signaler l'affaire aux services sociaux du quartier.

19

Lettre à soi-même pour combler un manque affectif

Cher quelqu'un d'autre[1],

Je t'écris pour prendre de tes nouvelles[2]. Je crois savoir qu'après bien des vicissitudes[3] tu as retrouvé le moral, et je m'en réjouis. J'espère de tout cœur que ton état général continuera de s'améliorer et nous donnera dans un proche avenir l'occasion de nous retrouver pour un pique-nique à Marly-le-Roi, avec charcutaille et ginglet à volonté[4].

Signé : un tiers-aimant[5].

---

1. Le simple bon sens permet de comprendre pourquoi la mention « Cher moi-même » irait à l'encontre du but recherché. Il s'agit en effet de combler un manque affectif, en tablant sur le fait que la réception d'une lettre, d'où qu'elle vienne, constitue un signal rassurant pour celui qui la reçoit : « Tiens, se dit le récepteur, il y a donc au moins une personne qui s'intéresse à moi suffisamment pour prendre la peine de m'écrire une lettre !

Tiens tiens ! C'est bien rassurant ! » Mais si la lettre commence par « Cher moi-même », le récepteur saura très vite qu'il s'agit du courrier qu'il s'est lui-même adressé à lui-même, et qu'il n'y a donc toujours personne d'autre que lui pour s'intéresser à son cas : signal inverse, dépression, barbituriques, cure de sommeil, perte d'emploi, divorce, solitude absolue... perte de confiance probable !

Un peu de psychologie, parfois, ne nuit pas.

2. **Nouvelles.** Quelle effarante absurdité ! On écrit pour donner des nouvelles, et non pour en prendre ! Cette méprise grotesque est un témoignage renversant des ravages causés par la solitude et le manque affectif.

3. **Vicissitudes.** Le mot « vicissitudes » a ceci de précieux, au regard de la sauvegarde de la langue française, qu'il permet de faire reculer le mot « emmerdements ».

Au reste, le sens de vicissitudes n'est pas en premier lieu systématiquement négatif. La vicissitude est d'abord un changement, une succession. Elle n'a plus guère cours au singulier.

Au pluriel, « les vicissitudes », ce sont les « variations dues au changement », ce sont les choses, bonnes et mauvaises, les événements, heureux et malheureux, qui se succèdent dans une vie. Dans le sens le plus actuel, les vicissitudes désignent une « succession d'événements malheureux », une sombre série d'accidents, de revers et de mésaventures... une cascade d'emmerdements.

Les vicissitudes de la vie, ce sont les hauts et les bas, avec un accent particulier sur les bas, là où les bâts blessent. Le soulagement ne vient éventuellement que plus tard, après bien des vicissitudes.

William Shakespeare, qui ne savait rien dire simplement, a écrit, pour stigmatiser ces hauts et ces bas : « La coupe de nos vicissitudes se remplit d'une liqueur changeante. » Il entendait par là que la coupe, au sens d'une coupe dans laquelle on met par exemple des quartiers d'orange à la liqueur, cette coupe, donc, lorsqu'elle est remplie de vicissitudes, change de couleur et prend la teinte de la liqueur, légèrement affadie par la présence des quartiers d'orange dans la coupe. Et c'est très vrai ! On pense ce qu'on veut de Shakespeare, mais, sur ce coup-là, il a vraiment mis dans le mille.

On ne saurait en dire autant de Bernard Lambourdin qui, dans son *Journal de ma vie bien pourrie*, accumule les maladresses, en multipliant les assonances parasites et en confirmant la disparition de la tortue cistude, pourtant grosse consommatrice de parasites.

« Enfant, j'avais l'habitude de la solitude, et une certaine aptitude à prendre de l'altitude. Mais en grandissant j'ai conçu avec inquiétude la certitude que mon attitude de béatitude était une forme de servitude qui allait m'entraîner dans la platitude et la lassitude ou, pour dire les choses avec exactitude, dans la décrépitude si ce n'est dans l'hébétude des turpitudes. Je me suis alors réfugié avec gratitude dans la quiétude des études.

Je ne demande ni sollicitude ni mansuétude, mais, convenez-en, que de vicissitudes ! »

Une note confidentielle de l'Inspection académique des Yvelines invite les enseignants en lettres à s'appesantir davantage sur l'œuvre de Shakespeare que sur l'œuvre de Bernard Lambourdin. C'est justice.

4. Le **ginglet** est un vin récolté sur les coteaux de Pontoise (95) et de ses environs. Au XIIe siècle, les moines étaient autorisés, à l'occasion de la célèbre Foire Saint-Martin, à ouvrir dans la ville des tavernes et des dépôts de vin pour écouler la production de ginglet. La production de ginglet se limite aujourd'hui à une vingtaine d'hectolitres, généralement consommés pendant la Foire pour accompagner la charcutaille.

Il est assez surprenant qu'un pique-nique organisé à Marly-le-Roi soit arrosé de ginglet. Ce serait tout à fait logique pour un pique-nique à Pontoise, mais, à Marly-le-Roi, on attendrait plutôt du vin de Marly-le-Roi.

Pour la charcutaille, pas d'objection.

5. **Tiers-aimant**. Ne pas confondre avec le tiers-payant, ni surtout avec le tiers d'aimant, qui est l'un des morceaux d'un aimant coupé en trois. L'intensité d'un champ magnétique se mesure en gauss ou en tesla. L'occasion d'un coup de chapeau à Johann Carl Friedrich Gauss, mathématicien et physicien allemand, 1755-1855, et d'un autre à Nikola Tesla, ingénieur serbe, 1856-1943.

20

Lettre de candidature à un boulot pas fatigant et très bien payé

Monsieur le Président[1],

Vous avez fait paraître dans le journal *La Charente libre* une offre pour un emploi de gardien de phare à tiers temps, au salaire mensuel de soixante mille euros. Je m'empresse de faire, par la présente, acte de candidature, car votre proposition entre incontestablement dans la catégorie chouette et moderne, et atteste immédiatement le caractère archi pointu de son auteur. Déjà, votre annonce est bien tournée, style alerte, typo agréable, concision exemplaire... rien qui dépasse, l'annonce de rêve, comme on craignait qu'il ne s'en fasse plus. La description de l'emploi à pourvoir est un morceau d'anthologie, sobre et beau, la mention des émoluments y afférents force l'émotion, et l'ensemble trahit chez son créateur une grandeur d'âme hors du commun alliée à une intelligence de légende. Pour ma part, je suis terriblement motivé, ayant toujours aimé et les phares et l'argent. Plus que cela : je suis remonté à bloc, je sens que je suis le bonhomme qu'il vous faut, je suis à fond, j'ai envie de mieux vous connaître, j'ai la banane, j'ai la patate, j'ai la niaque aussi... bref, j'ai au plus profond de moi tout ce qu'un employeur d'exception est en droit d'attendre du salarié idéal : une ponctualité à tomber par terre, une assiduité de folie, une compétence taillée dans la masse, et une ardeur au travail à faire pâlir d'envie Alekseï Grigorievitch Stakhanov lui-même.

Il se peut que vous ayez à examiner d'autres candidatures que la mienne : je vous encourage, très humblement, à économiser votre temps par ailleurs si précieux. Je suis l'homme providentiel que vous rêviez, et les autres candidats sont, selon toute vraisemblance, et je connais pas mal le secteur, des branquignols généralement paresseux et veules, et le plus souvent inaptes et rétifs.

Dites-moi « oui » sans hésiter. Ne cherchez pas plus longtemps l'objection dirimante[2] que vous ne trouverez évidemment pas. La sûreté de votre jugement et la profondeur de votre intuition vous ont permis d'asseoir une réputation de champion : ce n'est pas le moment de faire une boulette et de tout gâcher.

Donc, c'est oui ? Je serai là dans une vingtaine de minutes. Profitez-en pour prendre un bon bain moussant, ça va bien vous détendre, et moi aussi.

---

1. **Président.** Quel que soit le titre ou la fonction réelle de l'interlocuteur, il est adroit de lui

donner du « président ». Rares sont les hommes qui ne sont pas, ou au minimum qui ne se sentent pas, présidents de quelque chose. Même le plus mal loti est en droit de se considérer comme « président de mes fesses », ce qui est une forme extrême mais tout à fait authentique de présidence.

2. **Dirimant.** L'adjectif « dirimant », au féminin « dirimante », est un terme de droit que l'on retrouve principalement dans la locution « empêchement dirimant », c'est-à-dire un empêchement qui met obstacle à la célébration d'un mariage, ou qui, si le mariage a déjà été célébré, l'annule. Plus largement, le terme « dirimant » concerne l'application d'une règle légale lorsque la désobéissance à cette règle est sanctionnée par la nullité absolue. On comprend alors pourquoi dirimant vient du latin *dirimere*, annuler. Un mariage, puisque c'est souvent de mariage qu'il s'agit, est nul du fait qu'il n'a pas été célébré en public : le respect de la publicité du mariage est donc une obligation dirimante.

On parlera de la même façon d'« obstacles dirimants », de « motifs dirimants » et, dans une acception plus souple encore, d'une « objection dirimante » pour désigner une objection qui détruit un raisonnement.

Exemple : « Je pense que c'est mon voisin, M. Julien Pambourdin, qui a embouti ma voiture ce matin, car ma voiture portait des traces de peinture rouge, et je sais que M. Pambourdin a toujours possédé des voitures de couleur rouge. » Objection : M. Julien Pambourdin est décédé depuis quatre ans. Objection dirimante : mon raisonnement est détruit.

Autre exemple, plus technique : je veux me marier avec Sylvie. Empêchement dirimant : Sylvie est un cocker à poil long. Mais ce n'est pas la longueur du poil qui constitue un obstacle dirimant, c'est la qualité de cocker de Sylvie. Le droit est une discipline ardue.

Qui sont, dans le dictionnaire, les voisins de l'adjectif dirimant ? Je n'en ferai pas mystère plus longtemps : le voisin du dessus est « dirigiste », il a certainement des idées très arrêtées sur le mariage. Le voisin du dessous est « disaccharide », ce sucre formé par condensation de deux monosaccharides avec élimination d'une molécule d'eau, et il n'a probablement aucun point de vue digne de ce nom sur le mariage, même à l'heure de la pièce montée. On a les voisins qu'on peut.

21

Lettre X, en triple exemplaire

x

x

x

22

Lettre de candidature à un boulot exténuant et payé une misère

Pauvre tache,

J'ai repéré dans je ne sais plus quelle feuille de chou ton annonce pourave pour un emploi d'égoutier stagiaire au salaire annuel de 160,90 euros. Je veux bien prendre le job, si tu me le demandes poliment, mais je te le dis tout net : c'est vraiment parce que je ne trouve rien d'autre. Pour qu'il n'y ait pas de surprise, je te mets au parfum tout de suite : je suis le genre tête de con, brutal, mal embouché, cossard et versatile de surcroît. Pas la plus petite trace de bravoure ni de longanimité[1], pas la moindre intelligence pratique, aucun tact et aucune délicatesse, au point que mes précédents employeurs m'ont surnommé « le cauchemardesque bourrin ».

Tu sais donc à quoi t'en tenir, vieux jus de moules ; j'attends ton courrier, mais il n'est même pas certain que je le lise.

1. La **longanimité**, du latin *longus*, qui signifie « patient », et, du latin aussi, *anima*, l'âme..., la longanimité, c'est la « patience à supporter les souffrances morales », la patience à supporter ce qu'on aurait le pouvoir de réprimer ou de punir. Il faut donc un minimum de marge de manœuvre pour pouvoir être longanime ! Si on ne peut rien faire contre l'adversité, si on n'a aucun moyen de se défendre, on est simplement réputé « impuissant, désarmé ». Mais si on a les moyens de se défendre, si on peut faire quelque chose contre la dure réalité, mais qu'on décide de ne pas le faire, alors on se montre « longanime », on fait preuve de mansuétude, d'indulgence, de patience et de courage dans la souffrance morale... en un mot comme en quatorze : de longanimité.

Le plus commode, pour devenir un champion de la longanimité, c'est, si on en croit l'apôtre Paul, de recevoir l'Esprit-Saint. Dans une édifiante épître aux Galates et aux Églises de Galatie, Paul enseigne que « le fruit de l'Esprit est charité, joie, paix, longanimité, serviabilité, bonté, confiance dans les autres, douceur et maîtrise de soi ». Toutes ces jolies choses, que l'on est convenu d'appeler les vertus théologales, sont les qualités que le chrétien est en mesure de développer lorsqu'il a reçu le Saint-Esprit. Je suppose qu'il peut s'efforcer de développer ces mêmes qualités sans avoir reçu le Saint-Esprit, mais j'imagine que c'est un peu plus délicat.

Quant au scout, selon sa bible, il « obéit sans réplique et ne fait rien à moitié ». « Un scout fait du travail fini. Pour éviter la légèreté, la nonchalance, la lassitude devant certaines tâches, il faut comprendre l'importance de l'effort courageux sous forme de patience pour supporter les peines, de persévérance pour aller jusqu'au bout de sa tâche, de longanimité pour savoir attendre longtemps les résultats, de constance pour tenir tant qu'il faudra. »

On ne peut pas, décemment, évoquer la longanimité et la vie de scout sans évoquer le « froissartage », technique scoute de construction d'installations (principalement des cabanes) développée par Michel Froissart, commissaire de district des Scouts de France pendant la Seconde Guerre mondiale, pour pallier la pénurie de clous et de ficelle de l'époque.

23

Lettre à un collectionneur de lettres

Cher collectionneur,

Je n'ai, vous l'imaginez, rien de bien particulier ni de bien intéressant à vous écrire, puisque j'entends seulement, par la présente et par altruisme, apporter ma petite pierre à votre collection de lettres[1], dont on m'a dit qu'elle était bigrement impressionnante à plus d'un titre. Pour autant, je ne saurais saboter ma contribution, sachant fort bien que si, d'aventure, ma lettre s'abaissait à être tout à fait ordinaire et définitivement banale, elle ne viendrait pas, comme je le souhaite, enrichir votre collection, mais, tristement, l'augmenter algébriquement d'une dérisoire unité.

Je vais donc m'efforcer de faire de cette lettre un objet épistolaire à part entière, soit en lui donnant une élégance et un style hors du commun, ce qui n'est pas chozézé, à moins que ce ne soit folle gageure[2]... soit au contrère en la polluand de forse faute dorto, Graf, et de saint Taxe, de natur à la pozisionner en marge de la marje d'un ailleurs, comme on dis sur France Culturre. Je meuh douth', en est fait, que votre sait-l'èbre koleksion s'honore de quelques inimitables chefs-d'œuvre, exemplaires tant sur la forme générale que sur le plan stylistique… aussi crois-je plus père-tinant, dans l'un cap à citer où je me trouve de me isser à la hauteur des autres, de four-nirrhe Kant ammoie un objet certes médiokre dans la bsollue, mais à tout le moins diférant du reste du compte un gens. Ainsi, vous pourrez dire ô prochint visiteurs de votre collection : « Je possède 4 910 lettres admirables et belles, plus 1 lettre singulière et navrante que m'a adressée un brave type manifestement illettré. » Vos viziteure serrond ravie, et mois de mai, meuh. Neige pât Choisy lame ayeur sol lussion ? Avoue deux meuh leu dirrh.

---

1. Axiome de Grunstein : « Quelle que soit la chose, il existe toujours quelqu'un sur terre qui en fait la collection. » Bien souvent, une collection de quoi que ce soit génère pas mal d'emmerdements, au moment de la réunir, de la compléter, de la stocker, de la protéger, de l'assurer, de la disperser. Dans cette circonstance, le collectionneur, qui est par essence un as du recyclage, commence à collectionner les emmerdements.

2. La **gageure** est, à l'origine, la promesse réciproque de payer le gage convenu si on perd un pari. À partir d'avril 1694, une gageure, c'est « une action, un projet, ou une opinion, si

étrange, si difficile, qu'on dirait un pari à tenir ». À partir de la mi-avril, pour être exact. Aux alentours du 16. Dans la matinée. Vers onze heures trente. Onze heures quarante-deux, si on veut dire les choses comme elles furent.

Contrairement à une rumeur persistante, il n'y a pas d'hésitation sur la manière orthodoxe de prononcer « gageure ». En effet, le *e* qui suit le second *g* ne doit pas être associé au *u* pour produire le son *eu* que l'on trouve dans peur, dans tumeur ou dans malheur, pour ne citer que les plus rigolos. Ce *e* doit être associé au *g* qui le précède, qu'il a pour mission d'adoucir et de transformer en jeu, comme dans genèse, dans girafe, ou dans son propre père, le verbe ga-ger. Car on forme gageure sur gager, par adjonction du suffixe -ure, qui marque le résultat d'une action, comme on forme piqûre sur piquer, soudure sur souder, pelure sur peler, coulure sur couler ou souillure sur souiller.

Sans ce *e* de gageure, il faudrait parler de gagure, comme dans gustatif, dans guppy, le petit poisson, ou guttural, qui appartient au gosier. Grâce au *e* adoucissant, on dit gageure comme on dit geôlier, mangeaille ou limogeage, et non pas gôlier, mangaille ou limogage.

Malgré cela, il restera, c'est sûr, des gens pour prononcer, envers et contre tout, gagure. Soyons mag'nanimes : c'est une faute léguère, dont on ne leur tiendra pas rijeur.

La gageure la plus célèbre est bien sûr celle du lièvre et de la tortue. On se rappelle le scénario :

la tortue a proposé au lièvre une gageure, en lui disant : « Gageons que vous n'atteindrez point sitôt que moi ce but. » Mais le lièvre, qui n'a pas encore lu La Fontaine, et qui est donc persuadé que rien ne sert de partir à point et qu'il suffit de courir, le lièvre, lui, « méprise une telle victoire, tient la gageure à peu de gloire, croit qu'il y va de son honneur de partir tard. Il broute, il se repose, il s'amuse à toute autre chose qu'à la gageure ». Et à la fin il est bien attrapé, car il n'a pas pu rattraper la tortue, et il se dit en son for intérieur : « On a toujours besoin d'un plus petit que soi », anticipant ainsi les mésaventures sylvestres de son cousin le lion, tiré des rets par un rat.

On retiendra finalement de cette dure polémique un petit quatrain mnémotechnique aux rimes embrassées.

Pensez que je dis gajeur,
C'est me faire injure.
Savoir que je dis gajure,
C'est me faire honneur.

24

Déclaration d'amour, phase 1

Très chère… (*faites figurer à cet emplacement précis le prénom de la personne aimée*),

Je n'irai pas par quatre chemins.

Quelles que soient la puissance et la détermination de celui ou de celle qui m'en intimera l'ordre, je n'irai pas. Cet itinéraire ne me convient pas, et je n'en fais pas le moins du monde une question de principe : c'est purement pour des raisons pratiques – logistiques, pour ainsi dire – que je ne souhaite pas y aller. Je me sens éventuellement capable d'y aller par deux chemins, trois à l'extrême rigueur, mais pas par quatre. Il est donc solidement établi que je n'irai pas. L'affaire n'est pas négociable. Ma réponse est « non ».

Veuillez agréer, très chère, l'expression de mon meilleur sentiment.

25

Déclaration d'amour, phase 2

Très chère... (*même prénom, de préférence, qu'à la phase 1*),

Je suppose que ma précédente lettre vous a laissée fort interdite : c'est tout à fait normal, et l'erreur est de mon côté.

J'étais en effet parti pour vous faire une déclaration d'amour, et je me suis finalement laissé embarquer dans une polémique solitaire et glacée qui m'a empêché d'aboutir. Je vais y remédier sur-le-champ : il n'est que trop temps.

C'est une véritable aubaine de pouvoir vous l'écrire et non pas vous le dire, parce que, s'il m'avait fallu vous le dire de vive voix, vous auriez pu comprendre « il n'est que trottant »... et vous seriez demandé de quoi il pouvait bien s'agir, vous auriez imaginé par exemple que j'étais propriétaire d'un cheval de trot incapable d'avancer à une autre allure. Vous m'auriez vu en maître inquiet d'un hongre[1] non marchant, non galopant, et purement trottant. Ce faisant, vous eussiez été à des kilomètres de la réalité, et ma déclaration s'en fût trouvée caduque.

Grâce à la forme écrite, rien de tout cela nous menace. Admettez cependant que nous sommes passés à deux doigts du fiasco retentissant.

Je vous prie donc de bien vouloir agréer l'expression « il n'est que trop temps ».

---

1. **Hongre**. Excellente occasion de remettre en selle le mot hongre qui, lorsqu'il est adjectif, signifie « châtré » en parlant d'un cheval, et, lorsqu'il est substantif, désigne ce cheval châtré.

Pourtant, ce n'est pas cette invalidante ablation qui fait problème, mais bien plutôt le terrible *h* de hongre, un *h* aspiré qui nous oblige à dire « un 'hongre, ton 'hongre, son 'hongre ». Si votre hongre s'appelle Benjamin, il faut dire, malgré la tentation, « mon 'hongre Benjamin ». Il faut parler d'une vie de 'hongre, d'une paire de 'hongres, alors que nous aurions naturellement signé pour une paire d'hongres ou pour un destin d'hongre.

Il reste pas mal de monde au royaume des chevaux : il y a la haridelle, qui ne fait pas le printemps ; le palefroi, qui n'aime pas l'hiver ; le bourrin, et son fameux « un bourre tous, tous bourrins » ; le canasson, qui est au son ce que la canne à sucre est au sucre ; le crack, toujours coté en Bourse ; le dada, presque surréaliste ; le destrier, qui n'est pas le dernier ; l'étalon, surtout dans le chéquier ; le mustang, en bateau et par gros temps ; le pur-sang, qui représente moins de dix pur-sang de l'ensemble ; la rosse, la fameuse ‘rosse en bois qui permet de tenir la ‘arabine ; la rossinante, qui permet à ceux qui ont vu Saint-Nazaire de voir aussi Nantes ; ou le yearling, auquel on déclare son amour en disant « I love do, yearling »...

Toutes ces gentilles petites bêtes sont par ailleurs habillées avec de bien jolies robes variées : alezan, bai, isabelle, palomino, aubère, louvet, rouan, pie ou simplement tacheté, tant il est vrai qu'« À cheval donné, on ne regarde pas la bride ».

Si maintenant nous parcourons, au grand galop de nos courtes pattes, les étranges mots du cheval, nous croiserons, dans un désordre totalement délibéré, l'amble, l'aubin, la bréhaigne, le Brumby, la chambrière, le cob, l'étrivière, le glome, le licol, la muserolle, le paddock, le principe de Balzane, le roussin, le Spa, le sulky ou la volte. Cette avalanche d'étrangetés nous conduit à trouver refuge au pied du hongre, et de son verbe « hongrer », qui signifie, comme de juste, châtrer un cheval. Hongrer bon gré mal gré, car ce n'est pas forcément de gaieté de cœur que l'on fait ce genre de travail.

26

Déclaration d'amour, phase 3

Très chère... (*même prénom qu'aux phases 1 et 2*),

Je me demande si je ne me suis pas à nouveau fourvoyé en rédigeant ma deuxième lettre. Fasciné que j'étais par le spectre du ratage et de la déconfiture, je me suis égaré dans des méandres cérébraux, certes passionnants sur le plan sémiotique, mais très éloignés du but premier de ma démarche. Il ne me reste qu'à réparer mon erreur, en vous l'écrivant sans ambages : je suis transi d'amour pour vous[1].

Seulement, attention ! Je ne suis pas le gars un petit peu transi au réveil, et puis sur le coup de midi ça va mieux, et le soir on va se piqueter la ruche avec une bande de potes et on pense à autre chose ! ! Non, je ne suis pas le style demi-transi, le genre transi de contrebande, oh que non ! Quand je vous dis que je suis transi, vous devez comprendre Transi avec un *T* majuscule, le bon gros transi de compétition, celui qu'on voit passer à cinq kilomètres en rase campagne et dont on se dit : « Sacré nom d'un chien, en voilà un qui est transi comme une drosophile[2] sur la toile d'une tégénaire[3], ou je ne m'y connais plus ! »

Bon, ben voilà, je crois que cette fois c'est dit.

Et vous, de votre côté, vous êtes plutôt « open », ou quoi ?

---

1. Lorsque Phèdre rencontre pour la première fois Hippolyte, elle se sent « un peu zarbi », comme on dit en français moderne, et elle le manifeste en ces termes très directs :

Je le vis, je rougis, je pâlis à sa vue
Un trouble s'éleva dans mon âme éperdue
Mes yeux ne voyaient plus, je ne pouvais parler
Je sentis tout mon corps et transir et brûler.

Et chacun de s'extasier, à juste raison, sur l'oxymore, ou oxymoron final : « et transir et brûler ».

Le verbe transir est double à deux égards : d'abord parce qu'il admet deux prononciations, *transsir*, et plus couramment *tranzir*. Ensuite parce qu'il peut être transitif, lorsqu'il signifie « pénétrer en engourdissant », comme dans l'exemple « la peur avait transi leur âme », ou paradoxalement intransitif, lorsqu'il signifie « être pénétré d'une sensation, d'un sentiment, qui glace et engourdit », comme dans l'exemple « Je sentis tout mon corps et transir et brûler ».

Pas besoin de remonter à 1677, année de la création du *Phèdre* de Racine, pour former le participe passé de transir, qui devient l'adjectif transi : engourdi de froid, ou d'un sentiment qui paralyse. C'est ainsi que l'amoureux est transi : cloué sur place, et comme pétrifié par la violence de son sentiment amoureux. L'amour se conjugue donc comme suit :

Au plus-que-parfait de l'indicatif : j'avais transi.
Au futur simple de l'indicatif : tu transiras.
À l'imparfait du subjonctif : qu'il transît.
À l'imparfait de l'indicatif : nous transissions.
Au passé antérieur : vous eûtes transi.
Au passé simple : ils transirent.

Lorsque ce n'est pas d'amour mais de température qu'il s'agit, on évitera la tournure pléonastique « Je suis transi de froid », et on lui préférera le sobre « Je suis transi ».

Surtout, on ne confondra pas le verbe transir avec son cousin « transiter » qui signifie « passer, voyager en transit ». Celui-là descend du verbe latin *transire*, passer d'un endroit à un autre, ou passer tout court, comme dans la locution « *Sic transit gloria mundi* », ainsi passe la gloire du monde, que l'on répète trois fois au nouveau pape que l'on intronise, pour l'exhorter à ne pas trop se la péter. Une quatrième fois ne serait peut-être pas de trop...

2. La **drosophile** (de *droso* : la rosée et *philus* : qui aime) est un insecte diptère holométabole également appelé « mouche du vinaigre ».

3. La **tégénaire noire** (*Tegenaria atrica*) est une araignée commune et inoffensive pour l'homme, car ses chélicères (crochets venimeux) ne sont pas très costauds.

27

Lettre à une compagnie aérienne

Messieurs dames,

J'entends dire ici et là que vous feriez « voler des avions ».

Je vous le dis très franchement : je n'y crois pas une demi-seconde !

Non, vous ne me ferez pas gober que vous arrivez à faire décoller du sol ces énormes machins qui pèsent, à vue de nez, dans les cent tonnes. Physiquement, votre affaire ne tient pas debout : vos trucs sont beaucoup trop lourds pour pouvoir voler. Sursauter, à la rigueur, en cas de tremblement de terre, mais voler, sûrement pas.

Je veux bien croire que vous avez fait le maximum pour y arriver, que vous avez bossé la forme du truc, vous avez greffé de chaque côté du suppositoire des grands morceaux plats pour que ça ressemble à des ailes, vous avez dû, par-dessus le marché, fixer là-dessous des moteurs de folie, mais même comme ça ! Pas besoin d'être Einstein, pas besoin de connaître les arcanes[1] de la physique nucléaire pour comprendre ça ! Un peu de bon sens, les copains ! Gardons les pieds sur terre !

Une feuille d'arbre : oui, ça vole. Une plume aussi, et c'est bien logique, puisque c'est fabriqué par des bestiaux qui savent voler. Une poussière, ça vole : pas dur, ça pèse trois fois rien !

Un petit caillou léger, ça vole, et même ça ricoche sur la rivière si le caillou est bien plat, ça oui ! Mais un avion, excusez-moi, il faut pas trop prendre les gens pour des cons !

Une cigogne, d'accord : ça vole, et c'est déjà bien étonnant, vu la taille du bazar ! Mais dès qu'on grimpe un peu dans l'échelle des poids, ça ne vole plus, forcément ! Voyez l'autruche ! Elle vole, l'autruche ? Elle vole, ou elle ne vole pas ? Eh bien je réponds à votre place puisque vous ne voulez rien dire : elle ne vole pas. Elle « court » plus vite qu'un lapin, mais elle ne vole pas.

D'ailleurs je suis tout à fait prêt à admettre que vos appareils « roulent » plus vite qu'un lapin, peut-être même plus vite qu'un guépard. Mais ne me racontez pas qu'ils volent !

Un conseil tout simple, messieurs et mesdames des compagnies aériennes : quand vous montez un canular, débrouillez-vous pour qu'il y ait un minimum de crédibilité ! Sinon, tout votre système retombe comme un soufflé, et qui c'est qui est ridicule ? C'est vous.

En l'attente de votre réponse, veuillez admettre que je continue à rire sous cape tellement je vous ai bien grillés.

1. **Arcane.** Ne pas confondre arcane et arcanne. L'arcanne est la craie rouge dont se servent les charpentiers. Laissons donc tranquilles les charpentiers et leurs outils. L'arcane avec un seul *n* vient du latin *arcanum*, qui veut dire « secret », et désigne, en alchimie, une préparation mystérieuse réservée aux adeptes. C'est par extension que l'arcane change ensuite de nombre et s'affiche au pluriel, pour former « les arcanes », c'est-à-dire les mystères, les secrets... de la politique, par exemple. Les arcanes de la politique, ce sont les manœuvres mystérieuses et les procédures secrètes qui régissent, dit-on, le monde de la politique.

On évoque pareillement les arcanes du pouvoir, les arcanes de la médecine chinoise, ou les arcanes du tarot. Quand on a dit ça... dans la mesure où les arcanes sont par définition secrets, on a, je le crains, tout dit. Le reste relève des arcanes de la lexicographie qui, du reste, n'existent pas, la lexicographie étant une science exacte et publique, du moins l'espère-je.

Considérés maintenant sous l'angle de la rime, les arcanes ouvrent, bien que ce ne soit pas du tout leur vocation, de nouveaux horizons, essentiellement cinq :

L'horizon tout prosaïque de la barbacane, ouverture verticale et étroite dans le mur d'une terrasse pour l'écoulement des eaux.

L'horizon, tout aussi étroit selon moi, des églises, anglicane et gallicane.

L'horizon encore étriqué et tortueux de la chicane.

L'horizon, déjà nettement plus lointain (43 mètres homologués), de la puissante sarbacane.

Et l'horizon, virtuellement illimité, de l'indémodable bécane, porte ouverte sur les passions les plus folles.

Ceux qui ne sont pas parvenus à percer le secret des arcanes peuvent toujours se rabattre sur les successeurs de l'arcane, dans l'ordre du dictionnaire : l'arcanson, l'arcasse et l'arcature.

L'arcanson est la résine provenant de la distillation de la térébenthine. L'arcasse est l'ensemble des pièces de charpente de la voûte d'un navire, assemblées sur l'étambot perpendiculairement à la quille. L'arcature est une série de petites arcades décoratives, réelles ou simulées.

Nous voilà bien utilement renseignés.

28

Lettre de jussion

(voir « Lettre de cachet » n° 58)

29

Demande de remboursement à la maison JJJ d'un arrosoir vendu par correspondance

Chers amis de « Jeune Jardinier Joyeux »,

J'ai reçu avant-hier l'arrosoir que je vous ai acheté par correspondance.

Je tiens avant toute chose[1] à vous féliciter pour l'élégance et la finition de l'objet, toutes deux conformes au descriptif figurant à la page 2025 de votre catalogue. Il me faut cependant, sans vouloir brusquer quiconque, signaler ce que j'appellerais, en espérant ne vexer personne, un « défaut de fabrication » : vous avez oublié, ou « la personne responsable a oublié » de faire des trous dans la pomme de l'arrosoir. Cela rend l'arrosoir, et je souhaite ne pas vous heurter en l'écrivant sans détour, impropre à son usage naturel qui est, selon moi, d'arroser.

Vous trouverez ci-joints[2] une douzaine de croquis, exécutés à la hâte, à l'échelle 1/6 ou 1/10 suivant les cas, qui vous montrent en effet clairement comment, en l'absence de perforations dans la partie convexe de la pomme, l'eau ne parvient pas à s'écouler par le bec de l'arrosoir, comme on l'attendrait d'elle, et s'écoule en définitive, au-delà d'une inclinaison de 37,3°, par le bord supérieur de l'arrosoir, autour du point d'ancrage antérieur de l'anse. On n'obtient pas un meilleur résultat en remplaçant l'eau par un autre liquide, même acide (jus de citron, vinaigre, etc.). L'obtiendrait-on d'ailleurs qu'on ne serait pas tellement plus avancé, puisque rares sont les plantes qui ne succombent pas, assez rapidement, à un arrosage de vinaigre, fût-il de Xérès ou de Modène.

Le but de ma lettre est donc de vous demander de bien vouloir échanger l'arrosoir que vous m'avez envoyé contre un arrosoir de même espèce mais comportant des trous dans la pomme. Au cas où tous vos arrosoirs seraient conçus comme celui dont j'ai fait l'acquisition, je vous serais reconnaissant de bien vouloir me rembourser, c'est-à-dire récupérer, par tout moyen à votre convenance, l'arrosoir qui ne me convient pas, et me restituer l'argent que je vous ai adressé en paiement de cet arrosoir qui, ne le prenez pas mal, ne me convient vraiment pas, mais alors pas du tout du tout.

---

1. Cf. lettre n° 1. Il eût été logique que la mention « même incipit que... » se trouvât ici, en note de la lettre n° 29, et rappelât l'existence du début de la lettre n° 1. Ce n'est pas la logique qui a prévalu, en sorte que le lecteur qui prend

connaissance de cet ouvrage dans le sens traditionnel – partant du début et se dirigeant vers la fin – a trouvé dans le premier modèle de lettre une référence au vingt-neuvième modèle, lequel lui était, à ce moment de la lecture, fort logiquement inconnu. Ce lecteur en est quitte pour relire la première lettre à la lumière de la présente note, et surtout la première note de la première lettre à la lumière de la présente lettre. Une fois cette opération terminée, il est conseillé au lecteur de reprendre le chemin de la fin du livre, faute de quoi il resterait, pour de longues années, enfermé dans la boucle des trois premiers modèles, ce qui n'est pas à proprement parler honteux, mais qui fait chuter vertigineusement la rentabilité intellectuelle et économique de son entreprise de lecture.

2. Ci-joint, ci-joints*. La locution adjective « ci-joint » s'accorde, en genre et en nombre, lorsqu'elle a la fonction d'épithète ou lorsqu'elle est attribut du sujet. Mais elle est invariable lorsqu'elle fait fonction d'adverbe, notamment en tête de phrase : « Ci-joint les débris de votre vélo. » En réalité, les deux graphies sont admises. Et si Alfred de Musset en personne a pu écrire : « Je prends la liberté de vous envoyer ci-jointes des rillettes », on écrirait tout aussi impunément, et à condition de prévoir l'emballage idoine : « Je prends la liberté de vous envoyer ci-joint des glaces à l'abricot. »

* Après avoir pris connaissance de cette note n° 2, le lecteur pourra retourner d'où il vient, à savoir la note n° 3 du modèle n° 1, en se gardant soigneusement du phénomène de boucle décrit dans la note n° 1 du modèle n° 29, note dont il n'a logiquement pas encore pris connaissance s'il consomme l'ouvrage dans le sens conventionnel.

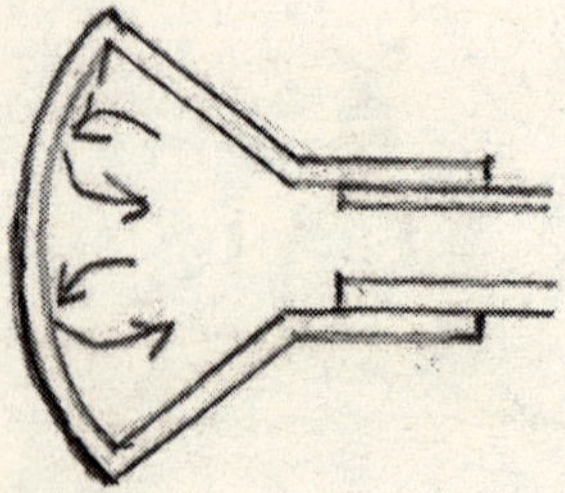

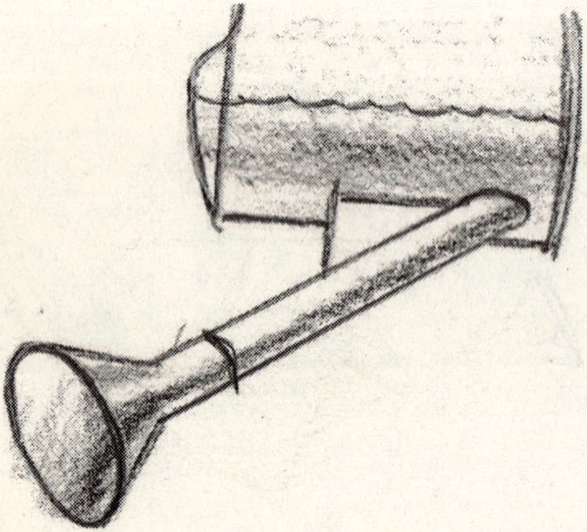

45°

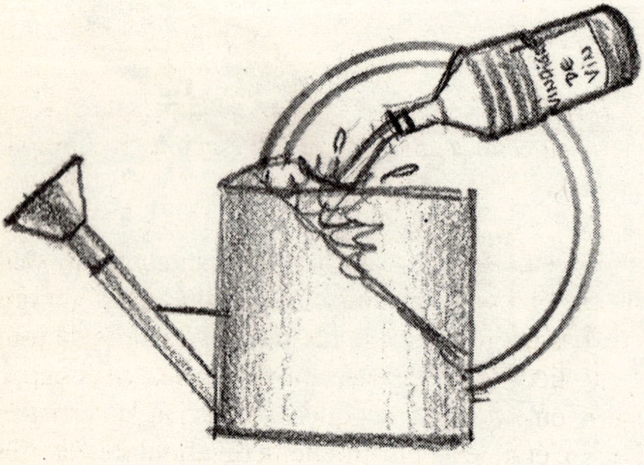
Vin
de

30

Lettre à une femme avec laquelle on a passé une nuit et c'était chouette mais c'était un peu n'importe quoi mais c'était chouette

Chère... (*écrire ici le prénom de la personne, si on en a eu connaissance, et que de surcroît on s'en souvient*),

Je veux vous dire à quel point je garde un souvenir ébloui de la nuit d'amour que nous venons de passer ensemble. Je ne me souviens pas de tout – le lieu de nos ébats, en particulier, m'échappe au moment de les évoquer –, mais j'ai la certitude que c'était exceptionnellement chouette, et très coloré. Je repense avec fièvre à vos yeux pers[1] et à vos lèvres purpurines[2], à votre visage de toute beauté surmontant, au moyen d'un cou gracieux, un corps du même métal. Je songe aussi, avec nostalgie, à la partie de backgammon à qui-perd-gagne inversé que nous jouâmes sur le coup de 4 heures, en dégustant ces prodigieux yoghourts papaye-topinambour que vous stockiez si intelligemment dans votre havresac.

En ce qui me concerne, c'est quand vous voudrez.

---

1. **Pers**. Au féminin perse, comme le pays éponyme, signifie : d'une couleur intermédiaire entre le bleu et le vert.

Pour bien percevoir le pers, il convient donc d'être très au fait des nuances du bleu et du vert.

En ce qui concerne le bleu, on recense, côté minéral, le bleu ardoise, le bleu lapis-lazuli, le bleu saphir et le légendaire bleu de cobalt.

Côté végétal, le bleu myosotis, le bleu pervenche, le bleu violet et le bleu lilas.

Au-dessus de nos têtes, il y a le bleu azur, appelé bleu smalt par les émailleurs, auquel il faut ajouter le bleu céleste ou bleu céruléen.

Un peu plus chimique, le bleu guède, pastel des teinturiers ; le bleu indigo, extrait de l'indigotier ; et le bleu induline, un colorant dérivé de l'aniline.

Au chapitre des verts, on nous signale les évidents vert bouteille, vert émeraude, vert gazon, vert olive, vert pomme et vert tilleul. On y ajoutera l'adjectif céladon, qui signifie « d'une couleur vert pâle », on complétera avec le jade, et non la jade, roche souvent verte, et on terminera avec le sinople, couleur verte en héraldique.

Le mot pers s'honore d'une belle tripotée d'homonymes, comme en témoigne ce dialogue, enregistré à la sauvette dans un bar de la rue Oberkampf à Paris.

— De quelle couleur, mon cher Prosper, sont les yeux de ton père ?

— Mon père a les yeux pers !

— Et combien en a-t-il ?

— Je n'ai pas fait le compte précisément, mais je présume qu'il en a une paire ! Un nombre pair en tout cas, ça j'en suis sûr !

— Tu prends le pari ?

— D'accord. Et si je perds ?

— C'est moins grave qui si ton père perd.

— Ce n'est pas exactement mon père qui, dans ce cas, perd !

— En effet ! C'est la paire d'yeux pers de ton père qui perd !

— Tu n'aurais pas l'idée d'un jeu plus pépère ?

Celui qui ne va jamais rue Oberkampf n'a pas idée de ce qu'il perd.

2. **Purpurine**. On se souvient que Paul Verlaine ne voulait pas la couleur, il ne voulait rien que la nuance, car, disait-il dans son inimitable jargon, « la nuance seule fiance le rêve au rêve et la flûte au cor ». Verlaine serait donc ravi de voir mise en lumière cette nuance du rouge qu'est le rouge purpurin.

Le rouge purpurin n'a rien à voir, n'en déplaise aux calembouristes, avec un engrais naturel tout à fait naturel. Il n'est plus guère utilisé que pour qualifier, comme ci-dessus, des lèvres purpurines.

Pour parler vrai, le rouge purpurin, c'est tout simplement le pourpre, cette couleur rouge foncé tirant sur le violet – la même définition, soit dit en passant, que l'on donne au rouge « bordeaux ». C'est ensuite par manière de plaisanterie ou, plus rarement, dans l'univers poétique, que l'on transforme le pourpre en purpurin.

Pour que Verlaine soit vraiment à la fête, on évoquera également le rouge incarnat, au féminin incarnate : c'est un rouge-rose clair et vif, proche de la couleur de la chair, comme son nom l'indique si bien.

Arrivé là, on serait injuste en ne citant pas le rouge d'alizarine, qui est un rouge soutenu ; le rouge de Mars, également appelé rouge anglais, un rouge légèrement rosé ; le rouge d'aniline, joli rouge vif ; le rouge Andrinople ou rouge turc, qui est un rouge qualifié de profond ; le rouge queue-de-renard, alias passe-velours, alias amarante, que l'on définit comme un rouge bordeaux velouté. Et puis les nuances brique, carmin, grenat, tomette, nacarat, écarlate, ou encore garance, la couleur des pantalons militaires français en 1914.

On fermera le ban sur le vermeil, rouge plus foncé que l'incarnat ; le rouge Bismarck, de nuance rouge-brun ; le rouge cardinal, rouge soutenu de la robe des cardinaux ; et l'élémentaire rouge vermillon, appelé aussi cinabre.

Alors, mais alors seulement, on pourra aller prendre un bain dans l'exquise gamme des rouges métaphoriques : côté fruits, le rouge cerise, le rouge fraise, le rouge groseille, le rouge framboise et le rouge tomate. Côté liquides, le rouge grenadine, un rouge associé à une forme de transparence ; le rouge bordeaux, tirant sur le violet, et le rouge bourgogne, tirant sur le brun, sans parler du rouge lie-de-vin, qui ne se boit pas. Également au menu le rouge écrevisse, qui évoque l'écrevisse quand, et seulement quand, elle est cuite, et, pour les vampires, le rouge sang, légèrement différent du rouge sang de bœuf, qui est un « rouge sang tirant sur le marron ».

Restent le rouge feu, qui est la couleur des braises et non des flammes ; le rouge capucine, lumineux et très légèrement orangé ; et le rouge ponceau ou rouge coquelicot, un rouge soutenu à profond.

Alors, Paul ? Heureux ?

31

(Première) lettre à un marchand de légumes pour lui enjoindre de ne jamais livrer chez soi huit cents kilos de poireaux

Cher Monsieur... (*nom du marchand de légumes*),

Nous ne nous connaissons pas, je ne suis jamais entré dans votre boutique, je n'y ai donc *a fortiori*[1] rien acheté, et je ne projette pas de le faire. Cependant, je vous prie de bien vouloir considérer le cas des responsables des syndicats d'initiative des stations de sports d'hiver du monde entier – veuillez pardonner cette succession rapprochée de sept compléments du nom – et évaluer avec moi, entre deux laitues – si d'aventure vous vous trouvez au moment de lire cette lettre entre deux laitues –, le rapport qu'entretiennent ces gens-là (les responsables des syndicats d'initiative, etc.) avec le concept de neige et, plus étroitement, avec la neige elle-même. Vous constaterez alors, comme une évidence, que ces personnes-là, à l'approche de la saison dite « haute », attendent fébrilement la neige comme on attend le Messie (je m'en tiens, pour que la comparaison soit valide, aux individus pour lesquels l'attente du Messie se teinte de fébrilité), et qu'en revanche ces mêmes personnes seraient tout à fait marries, pour ne pas dire fâchées, s'il arrivait que cette même neige vînt à chuter en plein mois de juillet sur la plage de Propriano (Corse du Sud) où ils passent en famille (probablement recomposée) leurs (certainement) très coûteuses vacances.

Or donc, apprenez, cher Monsieur, ceci : mon rapport à une éventuelle livraison de légumes émanant de ce que j'appellerais, pour simplifier, « vos services », ressortit[2], *mutatis mutandis*, de la même logique. Je ne suis nullement l'ennemi du poireau, et je pourrais tout à fait me réjouir, un soir de pot-au-feu par exemple, de vous voir me livrer une belle botte de poireaux bien verts et bien savoureux. *A contrario*[1], pour ainsi dire, s'il arrivait qu'un plaisantin ait la fantaisie de passer commande, auprès de vous, en mon nom, et à destination de mon domicile, d'une cargaison de 800 (huit cents[3]) kilos de poireaux, et si vous aviez, en cette circonstance, la légèreté d'honorer, sans enquête préalable, ladite commande, alors vous créeriez à coup certain chez moi une irrépressible contrariété, dont j'aurais grand mal à ne pas vous tenir durablement rigueur. On dirait alors de ces poireaux qu'ils sont « franchement malvenus », même et y compris s'ils ont été acheminés dans des conditions sanitaires irréprochables.

Ainsi, si le cas de figure ci-dessus décrit se présentait un jour ou l'autre, je vous recommande chaudement de décliner fermement la proposition du « plaisantin par hypothèse », et de conserver par-devers vous la totalité des légumes dont le farceur aura tenté d'encombrer mon cellier.

Pour plus de sécurité, je me permettrai de vous confirmer cette position hebdomadairement, par courrier dûment affranchi, pendant une période de trois ans à compter de demain midi et quart.

Veuillez agréer, Monsieur le marchand de légumes, l'expression de ma solidarité face aux canulars de mauvais goût ainsi que, dans le même panier, l'expression de ma vigilante confiance.

---

1. **A *fortiori*. A *contrario*.** Il existe un puissant lobby en faveur de la francisation de ces merveilleuses locutions latines que sont *a fortiori*, *a contrario*, *a priori* et *a posteriori*. Ce lobby sans scrupules envisage d'imposer « à contrario », « à fortiori », « à priori », et même « à postériori ». S'il vous arrive (c'est-à-dire, selon la sensibilité de chacun, *accidit* ou *evenit*) de croiser un des membres de ce lobby, il serait surprenant que l'affrontement ne se termine pas sur le pré... non pas pour un fratricide duel au pistolet, mais plus probablement pour un joyeux pique-nique grammatical.

2. **Ressortit** : certains auteurs, par ailleurs très éminents, se sont laissé abuser par la ressem-

blance du verbe ressortir – signifiant « sortir d'un lieu peu après y être entré », qui se conjugue comme sortir, et donne, au présent de l'indicatif, « il ressort », et, à l'imparfait du même genre, « il ressortait » – et du verbe ressortir quand il signifie « être relatif à, quant à la nature », qui se conjugue en écrivant : « l'hypnose ressortit à la médecine » ou « la médecine du XVIIe siècle ressortissait à la magie ». Comme dans le cas évoqué ci-dessus, le débat avec les fautifs ne se peut achever que sur le pré, au cours, cette fois et *a contrario*, d'un austère pique-nique sans alcool et sans charcuterie.

3. On n'en finirait pas d'énumérer les règles orthographiques qui régissent l'emploi de l'adjectif numéral cardinal ; il faudrait au moins vingt et un ou vingt-deux jours de labeur pour en venir à bout. Le mieux est encore de ne pas commencer.

32

Courriel circulaire

Chers tous,

Comme je vous l'ai mailé le mois dernier, j'ai été licencié sans indemnités de la boîte où je travaillais. Si vous entendez parler d'un boulot qui pourrait me convenir, je suis preneur.

J'attends vos mails.

Y a urgence.

33

Lettre à un ami d'enfance à l'occasion de son mariage avec une amie d'enfance, à défaut d'épithalame[1]

Félicitations à tous deux.

---

1. L'**épithalame** est un poème lyrique composé pour un mariage. L'épithalame est ainsi le cauchemar des convives lorsque vers 2 heures du matin le cousin Bernard pété comme un coing inflige aux pauvres mariés, qui n'avaient qu'à pas l'inviter, son pitoyable bout-rimé truffé de calembours grossiers et graveleux.

Voici un trop court extrait d'un épithalame signé Catulle, l'épithalame à Julie et Manlius : « Habitant de la double colline, fils d'Uranie, toi qui entraînes la tendre vierge dans les bras de son ardent époux, dieu d'hyménée, ô Hymen ; ô Hymen, dieu d'hyménée ! Ceins ton front des fleurs odorantes de la marjolaine. Prends ton voile ; qu'un jaune brodequin pare tes pieds blancs, et, joyeux, viens ici, viens parmi nous. Animée par l'allégresse d'un si beau jour, que ta voix argentine chante l'hymne nuptial ; et secouant ton flambeau résineux, frappe la terre de tes pas cadencés. Comparable à la déesse d'Idalie, lorsqu'elle se présenta devant le juge phrygien, Julie s'unit à Manlius, et les plus heureux auspices sourient à la vertu ; ou tel encore, sur les bords de l'Asia, s'élève un myrte aux rameaux fleuris, délices des Hamadryades, qui l'abreuvent d'une limpide rosée. Porte donc ici tes pas ; hâte-toi de quitter les rochers de Thespies et les grottes Aoniennes qu'arrose de ses fraîches ondes la source Aganippe. Conduis dans la nouvelle demeure, dont elle devient la maîtresse, cette vierge qui soupire après son époux ; que l'amour l'enchaîne à lui par des liens pareils à ceux qui retiennent le lierre à l'ormeau qu'il enlace de ses mille replis. » Etc.

(Il n'existe malheureusement pas de mot pour désigner l'absence de toute déclaration à l'occasion d'un mariage.)

On dit « un » épithalame, mais « une » églogue. L'églogue, ou petit poème pastoral dialogué, est un mot d'origine grecque qui signifie « choix » ou « morceau choisi » (du verbe *eclegein*, choisir... qui a donné l'éclectisme, mot auquel on attache souvent et fautivement la notion dominante de diversité ou de variété, alors que c'est la notion de choix qui est à retenir). Plusieurs écrivains anciens ont donné ce nom d'églogue à des petites pièces de poésie qu'ils publiaient pour ainsi dire au petit bonheur, en les choisissant au hasard de leurs fonds de tiroirs. Les *Bucoliques* de Virgile sont, qu'on le veuille ou non, des églogues, dignes par ailleurs de tous les éloges. Un éloge, une églogue… il y a décidément beaucoup de pièges dans la famille des écrits poétiques, on y trouve des féminins parfois surprenants, comme « une » épître, lettre en vers souvent satirique ; « une » cantilène, poème chanté à caractère épique ; ou « une » épigramme, petite pièce de vers du genre satirique se terminant par un trait piquant. Plus attendues dans leur genre sont la satire, pièce de vers dans laquelle l'auteur attaque les vices et les ridicules de son temps ; l'idylle, féminine encore, petit poème pastoral chantant l'amour ; l'élégie, la belle élégie, poème lyrique dont le ton est le plus souvent tendre et triste ; la priapée, ancêtre de la pornographie ; et l'ode, poème lyrique chanté, chef-lieu Carcassonne.

34

Lettre de réclamation au directeur de Riendutoutland

Monsieur le Directeur,

Je me suis rendu la semaine dernière avec toute ma famille à votre parc d'attractions de Fournaquet-en-Grameydie[1]. Ma famille et moi-même nous faisions une joie, inutile de vous le dire, de profiter de toutes vos chouettes attractions pas chères, pas dangereuses, et très festives, et nous rêvions déjà d'une « belle journée bien remplie dont on se souvient des années plus tard ».

Quelle ne fut pas notre déception de constater que votre parc de Fournaquet ne comporte pas la moindre attraction, et que, par-dessus le marché, l'accueil y est détestable, pour ne pas dire hostile !

Dépités, nous sommes retournés à l'entrée du Parc, où nous avons pu lire la pancarte qui en surplombe l'accès et qui indique très explicitement « RIENDUTOUTLAND[2] ».

Nous aurions donc dû savoir à quoi nous en tenir, c'est vrai ! Mais tout de même, n'y a-t-il pas dans cette histoire un soupçon de foutage de gueule ? Est-il raisonnable de payer 15 euros ×

7 personnes = 105 euros pour rien du tout, un RIEN-DUTOUT certes conforme à la promesse, mais revenant finalement à une sorte de rien du tout réel ?

Au risque de passer pour vétilleux[3], j'élève dans ces lignes une protestation solennelle, suivie d'une question directe : ne seriez-vous pas tenté, dans ce qu'il est convenu d'appeler un « geste commercial », de nous rembourser 85 ou 90 euros sur la facture ? Ou même 100, et pourquoi pas 105, et, si on veut devenir très bons copains, 135 ?

En l'attente de votre réponse, je vous prie d'agréer, Monsieur le Directeur, l'expression de TRÈSPEUDECHOSES.

---

1. La mésaventure décrite dans cette lettre pouvant survenir aux quatre coins de l'Hexagone, le nom du village a été volontairement falsifié, histoire d'élargir le débat et d'éviter les attaques *ad nominem*. En écrivant cela, nous sommes bien conscients que la formule correcte est l'attaque « *ad hominem* » – « attaque sur l'homme », qui s'oppose à la légitime « attaque sur les idées » –, et que son extension *ad nominem* est invalide, puisque le mot latin *nomen*, *nominis*, est neutre, et qu'il conviendrait donc de l'accorder, à l'accusatif que commande *ad*, sous la forme *nomen*. *Ad nomen*, donc. Oui, mais c'est moins parlant...

2. Nous reproduisons ici *in extenso* le rapport de M. Serge Franchot, président du Groupe de

Réflexion sur les Parcs d'Attractions, rapport commandité par le « ministère de la Jeunesse, du Divertissement et du Loisir de qualité », en mars 2006 :

« Mesdames Messieurs,

« J'ai le plaisir de vous livrer en avant-première les conclusions du rapport que notre groupe de réflexion a rédigé sur le problème des parcs d'attractions.

Le principe des parcs thématiques, de type X-land, est le type même de la bonne idée sous-exploitée, probablement parce que les promoteurs potentiels, qui sont des gens très purs et très réservés de nature, craignent de tirer exagérément sur la ficelle. Ainsi, ils s'en sont tenus à une petite série modeste, limitée à quelques Disneyland, Schtroumpfland, Aqualand, Jardiland ou Astérix-land. La logique de progrès – celle-là même que combattent quelques vieux nostalgiques et qui nous vaut pourtant de magnifiques découvertes comme l'électricité, le bazooka, l'automobile et le système international Telfax VS2 de transfert de données direct entre banques, pour ne citer que celles-là –, cette logique impose évidemment d'aller beaucoup plus loin. Ainsi, mon groupe de réflexion et moi-même proposons la création rapide de Spirouland, parc d'attractions entièrement consacré à Spirou, de Luckylukeland, parc d'attractions consacré en totalité à Lucky Luke, puis de Tintinland, paradis des amoureux de Tin-

tin, de Milouland, paradis des amoureux de Milou, de Haddockland, paradis des amoureux du célèbre capitaine, de Tournesolland, avec un manège très original appelé “Le pendule du professeur”, qui ferait de Tournesolland le paradis des amoureux du professeur Tournesol, et, dans un registre voisin, de Pipounetteland, paradis des amoureux tout court.

« On aurait tort de s'arrêter en si bon chemin, et il nous semble difficile d'éviter Jambonland, un parc d'attractions entièrement consacré au jambon, avec notamment le saut de jambons, le manège à jambons, le combat de jambons, le tir aux jambons, le chamboule-jambons, le grand jambon hanté, et le stand des sandwichs variés, pour ne citer que les plus excitants.

« Les végétariens, dont tout porte à penser qu'ils fréquenteront assez peu Jambonland, Boudinland, Pâtédetêteland et Moussedefoiedecanardland, trouveront en revanche leur bonheur à Poireauland, à Navetland, ou encore à Fenouilland, parc intégralement dévolu au fameux bulbe qui lui aura donné son nom, et, *last but not least*, à Choubraiséland, un parc à installer de préférence dans un pays chaud.

« Enfin, les plus éclectiques ne manqueront pas de passer quelques belles journées bien excitantes à Potaufeuland, un parc mixte qui alliera assez harmonieusement les manèges à viandes et les manèges à légumes.

« Notre groupe de réflexion a ainsi conçu 567 projets de parcs thématiques, qu'il est naturellement impossible de citer tous, mais parmi lesquels on remarquera plus particulièrement :

« — Horloland, paradis des collectionneurs d'horloges comtoises.

« — Maçonland, avec son très inventif Jeu de la Brouette.

« — Fauteuilland, vaste hall d'exposition où l'on pourrait dans un premier temps vendre des fauteuils, puis, dans un second temps, inventer les attractions susceptibles d'aller avec.

« — Riendutoutland, 70 hectares de parc désert, totalement dépourvu de toute attraction. Tarif spécial pour les chômeurs.

« — Lambertinland, parc thématique un peu grave entièrement consacré à notre ami Hubert Lambertin, ancien président du Groupe de Réflexion, tragiquement disparu en 1985 dans un accident stupide sur le chantier de Pétardland.

« — Cancerland, ouvert à tous, projet ludique, alliant les attractions de plain-pied et les attractions en sous-sol.

« — DépartementdesLandesland, parc boisé destiné à faire découvrir, par le jeu, les richesses touristiques et culturelles du département des Landes.

« — Spirouland 2, destiné à désengorger Spirouland.

« — FromagedeHollandeland, à cause de la consonance très attractive du nom, mais dont le contenu reste à inventer, ce qui constitue un défi très excitant, notamment dans la perspective de recherche de sponsors dans les pays africains.

« Le fleuron de cette collection, ainsi que notre groupe en a eu la révélation une nuit très arrosée de décembre, serait naturellement Landland, parc thématique généraliste regroupant 567 attractions, rappelant chacune un des parcs d'attractions précédemment créés.

« En ce qui concerne ce dernier projet, notre groupe préconise une ouverture en nocturne les premiers mercredis de chaque mois et un tarif préférentiel hors saison pour les enseignants du second cycle.

« Je vous remercie de votre attention. »

3. **Vétilleux** – et vétilleuse, car les garçons n'ont pas le monopole de la maniaquerie –, signifie : qui s'attache à des détails, à des vétilles, c'est-à-dire à des choses insignifiantes qui ne méritent pas qu'on s'y arrête. L'esprit vétilleux fait grand cas des bagatelles, des détails, des riens, il empoisonne son entourage, quand il lui reste un entourage, avec des queues de cerise, il se montre péniblement tatillon, désespérément pointilleux, pathologiquement chicaneur et tragiquement maniaque.

Comment appelle-t-on un individu vétilleux, pour autant qu'on daigne encore l'appeler ? Un vétillard, tout simplement, et ce vocable seul suffit à dissuader tout le monde de fréquenter le bonhomme. Le vétillard n'est pas toujours vieux, quoiqu'il soit vétilleux, mais quand il l'est, il ne mérite rien tant que l'appellation de vieillard vétillard, et se voit probablement pour cette bonne raison interdire l'entrée des discothèques.

35

Lettre à Denis Grozdanovitch, écrivain

Cher Denis,

Je ne vous connais pas[1], mais j'ai acheté trois de vos bouquins parce que je trouvais votre nom bien rigolo. J'ai acheté le *Petit Traité de désinvolture*, *Rameurs et Nageurs*, et *De l'art de prendre la balle au bond*[2]. Je me suis bien régalé avec les trois. Dès à présent, je me promets d'acheter tous les livres que vous voudrez bien publier.

Et vivent les Balkans.

---

1. Ce modèle de lettre ne peut donc être utilisé que par celles et ceux qui, effectivement, ne connaissent pas personnellement Denis Grozdanovitch. Moi, par exemple, qui ai le privilège d'avoir ce grand homme délicieux pour ami, je ne pourrais faire usage d'un tel modèle. Il me faudrait opter plutôt pour le modèle dit de « Lettre à l'ami Grozda », modèle ainsi libellé : « Sacrée vieille branche, tu as décidément bien du talent. Sinon, es-tu libre à dîner mardi ? »

2. Ce livre tourne, à très grande vitesse, autour de la passion de son auteur pour le jeu de paume, ou jeu de courte paume. Un jeu qui fut pendant longtemps très pratiqué et follement populaire chez nous, bien qu'il faille, selon le jeune et chaleureux président de l'actuelle Fédération française, au moins deux heures à un individu de constitution solide pour en assimiler les règles de base. Aujourd'hui, il ne subsiste en France que trois clubs de Courte Paume, à Paris, à Bordeaux-Mérignac et à Fontainebleau... trois clubs rassemblant quatre – cinq tout au plus – poignées de doux passionnés. C'est finalement dans le langage courant que le jeu de paume a laissé les traces les plus visibles, grâce à plusieurs expressions directement issues de la pratique de la paume : « épater la galerie », parce que l'espace réservé au public des matchs se nomme la galerie ; « rester sur le carreau », car on appelle « carreau » le sol du jeu de paume, autrefois carrelé ; « prendre la balle au bond », qui est une des stratégies possibles du joueur de paume, consistant à saisir la balle avant le rebond, et qui exige une vivacité particulière ; le « tripot », qui désigne la salle de jeu de paume, autour duquel n'ont pas tardé à s'organiser des paris truqués, d'où la connotation devenue péjorative du mot ; les « enfants de la balle », qui sont à l'origine les rejetons du maître paumier, immortalisés pour leur adresse proverbiale ; « jeu de main jeu de vilain », puisque, les raquettes étant passablement coûteuses, ce sont les « vilains », les

pauvres, qui jouaient la paume à main nue ; et surtout « tomber à pic », car la balle de paume est idéalement jouée lorsqu'elle tombe sur la partie du terrain appelée « pic », au pied du mur du fond ; et, *last but not least*, « qui va à la chasse perd sa place », car le joueur qui choisit de laisser rebondir la balle dans la zone dite « chasse », qui vient d'être délimitée par le coup de l'adversaire, perd la place, avantageuse, de serveur. La courte paume, un jeu physiquement très bénéfique à coup sûr, enthousiasmant au demeurant, mais intellectuellement épuisant pour celui qui essaye d'en comprendre ne seraient-ce que les rudiments.

36

Lettre ouverte à un pneu de tracteur

Cher pneu de tracteur,

Je vous écris à vous parce que mon cœur déborde de doléances que tous mes camarades me recommandent de consigner dans une lettre ouverte au président de la République. Or je suis intimement convaincu qu'une lettre au président de la République n'aurait pas le moindre effet sur ma situation. Foutu pour foutu, j'aime autant vous écrire à vous, cher pneu de tracteur, il n'y aura évidemment aucune suite, mais au moins le saurai-je au moment de mettre ma lettre dans la boîte, et ne risquerai-je pas de patauger pendant des semaines dans un torpide[1] sentiment d'abandon.

Du même coup, me voilà dispensé d'énumérer mes petites misères au long d'une interminable lettre, puisqu'il est fermement établi que, en tant que pneu de tracteur, vous ne la lirez pas plus que vous n'y répondrez. Vous me faites, gentil pneu, gagner et du temps et de l'énergie, et j'ai déjà en tête le moyen de vous exprimer ma reconnaissance : aux prochaines présidentielles, si vous-même où l'un de vos congénères est candidat, mon suffrage lui est acquis.

Je vous souhaite belle gomme et bonne route.

---

1. **Torpide.** L'adjectif « torpide » est le digne fils de sa maman la « torpeur ». La torpeur, au passage, qu'on ne saurait mieux définir que par ses cousins et synonymes : assoupissement, engourdissement, léthargie, somnolence, abattement, dépression, inaction. Gros cafard, en somme. Mais qui éclaire parfaitement notre adjectif : torpide signifie « qui est dans un état de torpeur ». Pour une lésion ou une plaie, « torpide » a le sens d'un « état stationnaire, qui ne manifeste aucune tendance à l'amélioration ni à l'aggravation ». Mais ce n'est pas dans les plaies que nous souhaitions retourner le fer, c'est bien plutôt dans les états, torpides, les humeurs, torpides, les saisissements, torpides. Rien de très réjouissant, c'est vrai, mais il faut se souvenir que, dans le dictionnaire, la colonne où figure « torpide » est pleine de concepts terrifiants : la tornade, la torpille, la torgnole et le torero. Que de la violence, météorologique, guerrière, familiale, ou folklorique... mais de la violence qui pourrait, dans les quatre cas, conduire à un état torpide. Randonneur torpide car surpris par une violente tornade, sous-marinier torpide à la vue de la meurtrière torpille, enfant torpide sous la menace de l'injuste tor-

gnole, aficionado torpide au spectacle du torero encorné.

Le lecteur qui souhaitera à son tour utiliser le mot torpide dans un poème (madrigal, élégie, cantilène, sonnet, distique, ode, rondeau, églogue, huitain, épithalame, tercet) aura peut-être besoin d'un autre adjectif susceptible de fournir la rime. Il lui faudra choisir, dans les pides, entre les gentils et les méchants. Les méchants sont stupide, cupide, turpide et insipide, les gentils sont intrépide, limpide, rapide et sapide. Faites votre marché, tous les articles sont au même prix. En cadeau, deux exemples étourdissants de pertinence sociologique et de perfection stylistique :

Mon voisin de palier est un homme cupide,
Un balourd, un rustaud, un petit coq stupide,
Sa vie privée est un marécage turpide
Et sa conversation bavardage insipide.

Mon voisin le pompier est un homme intrépide,
Il est poli, musclé, il a l'esprit rapide,
Sa vie privée est pure comme une eau limpide
Et sa conversation affûtée et sapide.

37

Lettre amère à Sophie

Chère, mais quelque peu dévaluée, Sophie,

C'était il y a vingt-trois ans, jour pour jour. Nous marchions, main dans la main, sur la plage de Biscarosse, devisant librement de sujets divers et passionnants. Vous étiez rayonnante, je crois que je n'étais pas en reste, et n'importe quel observateur un tant soit peu avisé aurait diagnostiqué, en nous voyant, la naissance d'une idylle exceptionnelle et durable (de lapin[1]).

Et puis, au kilomètre 3, sans que rien le laisse prévoir, et alors que nous soupesions l'influence d'Érasme sur son siècle, vous avez déclaré : « C'est moi, ou ça sent la merde ? » Je ne dis pas que vous n'étiez pas dans le vrai, olfactivement parlant, mais, ce disant, vous nous ramenâtes brutalement à la réalité prosaïque et impotente que nous nous étions si opiniâtrement appliqués à fuir.

C'était comme un cheveu sur la soupe, comme la mouche dans le lait, comme une effroyable épenthèse[2] harmonique.

Je n'ai rien dit sur le moment, sauf peut-être : « Vous croyez ? » Mais, dès le lendemain matin, j'ai repris la Micheline pour Bordeaux puis le train pour Lyon (il était, déjà, lent, mais direct), et je ne vous ai plus jamais donné le moindre signe de vie.

Je ne regrette rien. La vie est trop courte pour que nous puissions donner sa chance à chaque ortie, même après que la sagesse japonaise nous a certifié qu'« on peut trouver Dieu dans une ortie ». Mais je vous devais une explication : vous l'avez, désormais.

---

1. **Durable** (de lapin) est une plaisanterie indispensable (de Fontainebleau) à tous les plaisantins indécrottables (de jardin).

2. L'**épenthèse**, c'est l'apparition d'un phonème non étymologique dans un mot. Dans le mot « chambre », qui vient du latin *camera*, il y a épenthèse du *b*. Entendez par là, même si vous êtes déjà presque endormis dans vos chambres, que la *camera* latine, qui a donné très proprement la « caméra » des cinéastes, qui a donné en toute simplicité naissance aux « caméristes », les femmes de chambre d'autrefois, cette *camera* aurait dû donner en français la *camère*, la *chamère*, ou quelque chose comme ça... mais pas la « chambre », car le *b* n'avait aucune raison de s'y trouver, si ce n'est dans les chambres de Tunis... les érudits me comprendront.

Je ne devrais pas parler de malheur, mais l'épenthèse, c'est un peu comme un cancer : quelque chose prolifère qui ne devrait pas proliférer. Un phonème s'incruste, qui n'a aucune raison de traîner par là.

Pour parler scientifiquement, l'épenthèse est un métaplasme qui se caractérise par l'insertion d'un phonème vocalique ou consonantique entre des consonnes. L'épenthèse fait donc partie de la famille des métaplasmes, terme générique qui désigne toutes les altérations d'un mot par adjonction, suppression ou inversion de sons ou de lettres.

Parmi les métaplasmes, on cite volontiers, quand on ne sait plus quoi se dire le dimanche en famille : la gémination, qui est la réalisation d'une géminée, comme dans « comme moi » ; la prosthèse, variante de l'épenthèse, par laquelle la *stella* des latins est devenue étoile, et non *stoile* ; l'aphérèse et l'apocope, deux grandes figures de la famille ; la métathèse, qui fait dire *carapaçon* pour caparaçon ; la diérèse, comme dans « li-on » ou « vi-eux », et puis son contraire la synérèse, synalèphe, ou contraction, appelez-la comme vous voudrez.

Un dernier métaplasme à signaler : la crase, contraction de la voyelle ou de la diphtongue finale d'un mot avec celle du mot suivant. Lorsque votre fils, indigné, vous rapporte en ces termes un conflit avec l'un de ses camarades : « J'y ai dit Tare ta gueule ! M'enfin ! », votre fils vient de faire trois crases. C'est très bon signe, à son âge.

Mais revenons à l'épenthèse, qui est le phénomène contraire de la syncope, « retranchement d'une lettre ou d'une syllabe dans le corps d'un mot » : le p'tit cordonnier. Les chansons sont ainsi bourrées de syncopes, rythmiques et phonétiques.

Exemple de chanson à 59 syncopes :

Dors,
Min p'tit quinquin,
Min p'tit pouchin,
Min gros rojin
Te m' fras du chagrin
Si te n' dors point ch'qu'à d'main.
Ainsi, l'aut' jour eun' pauv' dintellière,
In amiclotant sin p'tit garchon
Qui d'puis tros quarts d'heure, n' faijot que d' braire
Tâchot d' lindormir par eun' canchon
Ell' li dijot : min Narcisse,
D'main, t'aras du pain d'épice
Du chuc à gogo
Si qu' t'es sache et qu' te fais dodo !

Je l'ai toujours dit et je le confirme : les gens du Nord sont forts en métaplasmes.

38

Lettre en forme d'acrostiche[1] en abyme

La lettre que vous avez
Entre les mains
Très banale en apparence et
Tarabiscotée en diable
Représente
En réalité ma

Enième tentative,
N étant supérieur à 1 000, de

Fabriquer une lettre
Originale,
Réellement signifiante,
Mais qui ait par ailleurs d'une manière
Évidente

Dans la pauvre mesure du possible, la forme d'un

Acrostiche,
Correct de bout en bout, mais qui de plus se
Retournerait en somme sur lui-même, en abyme
comme
On dit quand on est

Savant,
Tout cela pour le plaisir
Idiot de
Concevoir un objet
Houlipien[2] sur les bords, et
Étonnant, au sens où l'entendait Desproges,

Et de susciter chez un certain
Nombre de mes lecteurs, l'

Ahurissement interdit de celui qui,
Bien naïvement, n'
Y verra rien d'autre qu'un
Médiocre
Exercice de style.

---

1. **Acrostiche**. Laissez-moi vous conter à ce propos une sombre histoire.

Il n'y a pas si longtemps, j'allais, en compagnie de l'éminent et délicieux linguiste et lexicographe Alain Rey, j'allais à la découverte de Meaux, non pas de mots nouveaux, mais de Meaux, chef-lieu du département de Seine-et-Marne. Ce jour-là, aux environs de 17 h 26, une brave dame, chez laquelle notre guide Laurent Baffie venait de nous introduire habilement pour les besoins d'une émission de télévision divertissante et culturelle, nous informa que son défunt mari travaillait à l'EDF. « EDF, acrostiche », m'exclamai-je avec une cuistrerie à l'évocation de laquelle je rougis encore. Quelques minutes plus tard, revenu à la petite barrière de bois blanc qui marquait l'entrée du pavillon, je sentis une main amicale frapper mon épaule, et j'eus le temps d'entendre la douce voix d'Alain Rey me susurrer : « Pas acrostiche, acronyme ! » Mon sang n'eut pas le temps de faire un tour, il se glaça, et je m'évanouis de honte rétrospective et de confusion lexicale. J'avais confondu – à Meaux, circonstance aggravante – acronyme et acrostiche.

Un acrostiche, c'est un poème ou une strophe où les initiales de chaque vers, lues dans le sens vertical, composent un nom ou un mot-clef.

Un acronyme, c'est un sigle prononcé comme un mot ordinaire, à l'instar du sonar, du laser et autres ovnis.

Cela étant précisé, il apparaît finalement que EDF, qui n'est évidemment pas un acrostiche, n'est pas davantage un acronyme : ce n'est qu'un pauvre sigle. Mais ma confusion n'en demeure pas moins méprisable et consternante.

Veuillez, chers lecteurs, accepter, en guise de pénitence, ce poème de comptoir de mon cru, composé de quatre quatrains donnant quatre fois la gamme de *do* sous forme d'acrostiche par les deux bouts. Ouvrez grands vos yeux, et vous entendrez résonner quatre fois les huit notes de la gamme, au début et à la fin de chaque vers.

Do*s tourné au comptoir ou sur le zinc vaut***ré**
Mi*litaire en goguette ou prince de Jaf***fa**

So_lennel alcoolo ou folle en falba_**la**
Si_rote le buveur en son El Dora_**do**

Do_delinant du chef un vieil homme est entr_**é**,
Mi_teuse gabardine et sandales d'al_**fa**,
So_liloquant, bougon. Que faisait-il donc_ **là**,
Si_nistre lazzarone, hideux Quasimo_**do** ?

Do_minant le tumulte intervient un lettr_**é** :
« **Mi**_lord, s'exclame-t-il, la présente dif_**fa**,
So_lidaire assemblée de joueurs de tequi_**la**
— **Sic** ! – _n'accepte en son sein que l'aficiona_**do**…

Do_rénavant,_ Milord, _tenez-vous bien gar_**é** ! »
Mi_né, battu, meurtri, plus penaud qu'un so_**fa**,
So_litaire à nouveau, le vieux fuit la sma_**la**.
« **Si** _tu n'es pas souhaité, recherche un meilleur_ **but**. »

2. Je doute que l'OUvroir de LIttérature POtentielle me conteste cette fantaisie orthographique en abyme. (« Que d'abymes, que d'abymes ! », décidément, comme s'exclama Mac-Mahon en découvrant la crue de la Garynne à Toulyse.)

39

Lettre à un ennemi juré pour lui pardonner. Ou pas

Vieille canaille de… (*inscrivez ici le prénom de l'ennemi juré, en y introduisant une faute d'orthographe volontaire et blessante, comme dans Benard, Jean-Varie, Ratphaël, Jacqus, Pruno, Igour, Stanislasse, Thomat, Frédénic, Fabroce, Davide ou Valenbin*),

C'était en… (*année du drame*), en… (*mois du drame*), le… (*jour exact du drame*) très exactement. Nous étions une joyeuse bande mixte d'adolescents enthousiastes qui nous promenions en forêt, parce que ç'aurait été vraiment stupide de ne pas mettre le nez dehors par un temps pareil[1]. Au détour d'un chemin, lâchement agrippé par une racine de bruyère, j'ai trébuché, et je me suis étalé de tout mon long dans une flaque de boue qui irriguait probablement la bruyère.

Tu es alors parti d'un long rire sardonique[2], rire que toutes les jeunes filles présentes ont, en un chœur humiliant, entonné à leur tour. Il m'a fallu par la suite quatorze ans pour oser à nouveau aborder une femme, et je ne t'ai jamais pardonné ta cruauté.

Aujourd'hui, le temps a passé, et tu sais comme il est, le temps : il efface tout, il apaise les plus cruelles douleurs, il guérit les blessures les plus vives, il vient à bout des rancœurs les plus tenaces...

Eh bien là, pas du tout ! Dans le cas qui nous occupe, le temps n'a rien arrangé. Je t'en veux aussi férocement qu'au premier jour, et je ne distingue pas à l'horizon de ma pensée le début du quart de l'ombre d'une intention de te pardonner.

S'il arrivait que je change un jour d'avis, je t'écrirais pour t'en informer.

---

1. Il existe à Perpignan une association très active qui s'est donné pour mission d'obtenir l'interdiction légale de cette phrase et de ses équivalents, comme « ce serait trop bête de ne pas sortir par un si joli temps », ou « ce serait complètement idiot de rester enfermé par un temps comme ça ». On peut contacter le président de cette association, Alain Teyrieur, au n° 04 68 66 30 66. On est sûr de le trouver, il ne sort jamais de chez lui.

2. **Sardonique**. Chacun sait que, quant à moi, je me suis donné pour mission d'affranchir certains mots du joug lexical auquel l'usage les a condamnés. (Le joug qui, malgré son g final, se

prononce joue, ce qui n'est pas si problématique, puisqu'on ne risque pas de le confondre avec son homonyme féminin, « la » joue. Sauf au pluriel, et dans des contextes bien particuliers, comme dans l'exemple, heureusement assez rare, que voici : « Le bouvier embrassa ses bœufs sur les deux jougs », phrase qui, à l'oral, ne permet pas de savoir si le bouvier a témoigné son affection à ses bœufs, ou bien s'il s'est symboliquement réjoui de leur asservissement.)

Je suis ainsi parvenu, avec l'aide du diocèse de Reims, à affranchir l'adjectif congru de la « portion » qui le maintenait en captivité, dans l'expression « portion congrue », et, de la même façon, j'ai affranchi, avec l'appui du CHU de Grenoble, l'adjectif létal de la « dose » qui l'avait accaparé pour former la « dose létale ».

Sur ma lancée, j'ai entrepris l'an dernier de libérer l'adjectif « sardonique » du « rire » qui lui colle aux basques, comme dans la lettre ci-dessus, et même de l'isoler de l'expression toute faite « Jérôme partit alors d'un long rire sardonique », expression qui n'est plus d'aucune utilité dès lors que l'histoire a pour héros Ludovic, Thierry ou Raphaël.

J'ai emprunté pour commencer la piste étymologique, pour apprendre que le mot sardonique ne commence pas par hasard par sarde : c'est qu'il vient de l'*herba sardonia*, une renoncule de Sardaigne dont l'ingestion provoque une intoxication se manifestant par un rictus. De ce point de vue botanique et médical, c'est bien le rire sardonique qui s'impose, comme un rire « dû à la contracture spasmodique des muscles de la face ». Mais, dès qu'on arrive au sens courant, « sardonique » se dit de quelque chose « qui exprime une moquerie amère, froide et méchante ». On peut alors parler d'un discours ou d'une saillie sardonique, d'un ton, d'une amertume, ou même d'un texto sardonique. Dans ce sens consacré par l'usage, il semble bien que sardonique ait été influencé par ses homophones approximatifs que sont sarcastique et satanique. Il n'en reste pas moins que l'on est autorisé, sans rire, à se fendre d'une « repartie sardonique », ou, toujours sans rire, à opposer un « silence sardonique ». Le rictus sera à peu de chose près le même.

Notez au passage que le rire n'est pas toujours amical et teinté d'empathie : il y a, sur la palette des rires malveillants, à côté du rire sardonique, le rire caustique, le rire démoniaque ou diabolique, le rire goguenard, moqueur ou sarcastique. Quelle est la différence entre un rire goguenard et un ricanement persifleur ? C'est selon moi une simple question d'intensité sonore. Le ricanement est moins bruyant, et par conséquent plus sournois, et, partant, plus destructeur. C'est mon point de vue personnel.

NB : Il est rare que François Rabelais soit cité *in extenso* pour avoir affirmé : « Mieux est de ris que de larmes écrire, pour ce que rire est le propre de l'homme. » Bien souvent, on se contente de répéter la seconde partie de la phrase, selon laquelle

« le rire est le propre de l'homme ». C'est dommage, mais c'est moins embêtant que ne le serait la troncation symétrique, qui ne conserverait que la première moitié de la citation : « Mieux est de ris que de larmes écrire. » On serait alors en effet incapable de décider si Rabelais nous exhortait, par ce mot, à disserter sur le thymus du veau cuisiné aux cèpes ou aux morilles, sur les bandes horizontales des voiles qu'on replie au moyen des garcettes pour diminuer la surface de voilure présentée au vent, ou sur la rigolade.

40

Lettre à une jeune comédienne pour la féliciter

Chère Mademoiselle Truc-Chose[1],

J'ai lu dans un journal pipole[2] que vous raffoliez des choux de Bruxelles.

Je tenais à vous en féliciter.

---

1. N'écrivez « Truc-Chose » que dans le cas, assez rare, où la comédienne a effectivement pour nom patronymique « Truc-Chose ». Dans tous les autres cas, préférez le nom exact de la comédienne, tel qu'il figure par exemple sur l'affiche du théâtre.

2. Excellente idée que cette francisation du mot anglais « people ». La presse pipole, c'est donc la presse qui s'intéresse principalement aux goûts culinaires des gens qui n'ont pas grand-chose à dire sur les autres chapitres.

41

Lettre à son chef de service

Cher chef[1],

Vous avez déclaré jeudi matin, au cours de la réunion du personnel, je vous cite : « Une des règles d'or de notre entreprise consiste à DIRE les choses. Par exemple, je note que vous tournez, tous autant que vous êtes, à moins de 50 % de votre potentiel, eh bien je vous le dis. »

Fort de cette belle leçon, je souhaite à mon tour vous dire comment je vois les choses, et en particulier comment je vous vois. Je peux me tromper, bien sûr, mais vous êtes à mes yeux un chefaillon de foire, un cacique[2] d'opérette, un résidu de sous-lieutenant, un condottiere de pacotille, un coryphée de boulevard, et une graine de dictateur syphilitique.

Jeudi matin, vous avez également précisé que vous étiez « très attaché au dialogue » et que « [votre] porte serait toujours ouverte à ceux qui ont quelque chose à [vous] dire ».

Pouvez-vous par conséquent me fixer un rendez-vous, afin que je puisse vous redire de vive voix ce que je viens de vous écrire ?

D'avance merci.

1. Il est patent et épatant à la fois que le rapprochement des mots « cher » et « chef » donne, sur le plan sonore, un résultat épouvantable. C'est la raison pour laquelle on préfère généralement les apostrophes « Vieux fou » ou « Tête de nœud ».

2. **Cacique.** Ce mot, qui n'a plus guère cours que dans les hautes sphères du parti socialiste, est un nom masculin, très masculin, même... Il nous vient de l'espagnol, qui l'a lui-même emprunté à l'arawak, une famille de langues indiennes parlées par les Arawaks, peuple amérindien qui ne survécut guère à l'arrivée des Espagnols au XVIe siècle, vu que les Espagnols ne se contentèrent pas précisément de leur emprunter des mots.

Un cacique, c'est d'abord, au bon vieux temps de l'arawak, un chef dans certaines tribus amérindiennes, puis, suite à l'emprunt susmentionné, un notable local en Espagne et en Amérique espagnole. Très vite et par extension, un cacique est une personnalité importante, ou nantie d'une fonction importante au sein d'un groupe constitué, le plus souvent dans les domaines de la politique et de l'administration. En ce sens, la dénomination de cacique est assez franchement péjorative.

On préférera donc, pour désigner un personnage important sans le froisser, parler d'un ponte, d'un gros bonnet, d'un caïd (mot arabe), d'un manitou (mot algonquin) ou d'une huile (mot crétois). Si on souhaite au contraire froisser le personnage, on lui fera savoir, par courrier de préférence, qu'on le tient pour un sbire, un grouillot, un subalterne, un bélître, un charlot, un lampiste, un tocard, un minus, un avorton, une demi-portion, un microbe, un nabot, un obscur, un guignol, un rigolo ou un sous-fifre.

Depuis que je suis professeur, j'ai toujours assorti mes définitions d'un calembour pesant. Pas question de dé-Roger, comme disait Salengro, qui finit pourtant par le faire, et par la fenêtre... Voici donc mon calembour de cacique : « J'ai toujours adoré la musique cacique, surtout la sonate au Cair de Une, de Udwig Van Beethoven. » Ça, donc, c'est fait.

En évoquant plus haut, un peu légèrement il est vrai, la mémoire de Roger Salengro, je souhaitais attirer votre attention sur le fait que le pouvoir est bien souvent délétère : c'est la raison pour laquelle le dictionnaire a placé, juste après le mot cacique, l'adjectif cacochyme, qui est peu ou prou synonyme de valétudinaire. Si l'on reste dans le domaine du CAC 40, c'est-à-dire des quelque quarante mots français qui commencent par CAC, on pourra dire : « Cachez à ce cacique cacochyme ses cachets et son cache-nez ; jetez-le au cachot sur un lit de cactus avec un demi-bol de cacao et trois cacahuètes. »

L'exemple est également valable avec un bol de cacao entier.

42

Lettres de rupture

Elles sont au nombre de huit : trois voyelles (deux *u* et un *e*) et cinq consonnes (deux *r*, un *p*, un *s* et un *t*).

NB : c'est fou ce qu'on peut faire avec les lettres de rupture. Mais, comme bien souvent en ce bas monde, on fait moins de bonnes choses que de mauvaises.

Dans le camp des bonnes : pur(e,s), super, prêt(s), peut, repus, pers, sept, utérus, près, step, spet, reps, rue(s), pré, sert, très, set, ers, eu(s).

Dans le camp des mauvaises : stupeur, stupre, usurpe(r,s), peur(s), pute(s), suture(r,s), pets, ruser, tueur(s), sueur, usure, ruer, suer, sprue, suret, pue(r,s), peu, pus.

43

Lettre à un collègue de travail pour se préparer à décliner avec tact son aimable invitation

Cher Fernand,

J'ai bien reçu ton aimable invitation au mariage de ta fille, le dimanche 18 janvier, en l'église romane de Saint-Martin-du-Val-d'Yon.

La perspective de cette cérémonie allume en moi l'enthousiasme du cénobite[1] dépressif qui vient de se faire voler son missel et ses espadrilles. Je vois d'ici, noyée dans le frimas[2] vendéen, la mariée hâve[3] et tétanisée, engoncée dans sa robe grège[4] à faire peur, au bras ballant d'un bellâtre béat bêlant, j'entends d'ici les sempiternelles insanités[5] du bedeau cacochyme et néanmoins pédophile, j'aperçois ta rombière[6] de femme morigénant[7] grossièrement les enfants de chœur, ta salisson[8] de sœur radotant ses antiennes[9] moralisatrices, et ton crétin de frère flattant comme au Moyen Âge la croupe des filles de ferme. Tout ce cirque pitoyable exhale, pour bien te dire la perception que j'en ai, une fragrance émétique[10] de nature à me dissuader de me mêler aux supposées réjouissances.

En d'autres termes, cher Fernand, je pense que je ne viendrai pas.

---

1. Le **cénobite** est un moine qui vit en communauté, par opposition à l'anachorète, moine ermite vivant dans la solitude. Vous avez certainement tous lu dans le *JDS*, le *Journal des Sornettes*, que les cénobites tirent leur nom de l'exclamation par laquelle ils répondent en chœur à la question : « Messieurs les moines, votre mode de vie étant ce qu'il est, dites-nous sans détour quelle est la cause de vos tourments les plus douloureux ? »...

Je ne crois pas une seconde à cette hypothèse étymologique. Il s'agit là d'un vulgaire canard, auquel je m'empresse de couper les ailes, en attendant de couper le reste. Le cénobite tire en réalité son nom du mot grec *koinobion*, qui signifie « vie en communauté ». Les cénobites sont donc des moines, c'est-à-dire des hommes (et non des femmes) liés par des vœux religieux (et non des vœux de nouvel an), et menant une vie essentiellement spirituelle (ce qui ne veut pas dire hilarante), des moines vivant en communauté.

Les cénobites n'honorent personne en particulier, ce en quoi ils se distinguent des Augustins, qui honorent saint Augustin ; des Bénédictins, qui honorent saint Benoît et qui boivent la liqueur de leur fabrication à sa santé, avec modération selon le *JDS*... Les cénobites se distinguent encore des Dominicains, qui honorent saint Dominique et qui ne reculent que rarement devant une plaisanterie gauloise sur le nom de leur saint patron ; des Chartreux, contemplatifs de l'ordre de saint Bruno en l'honneur duquel ils ont inventé la chartreuse, qu'ils ne consomment jamais, nous dit encore le *JDS* ; les cénobites se distinguent des Capucins, ainsi nommés parce qu'ils portent un capuchon, heureusement sans rapport avec les tourments évoqués tout à l'heure ; et enfin des moines trappistes qui, selon la dernière édition du *JDS*, honorent Jamel Debbouze.

Dans toutes les communautés monastiques vivant comme de juste une vie monacale, il y a des convers, qui ne sont pas, j'en suis navré, des imbéciles habillés de bure verte, mais des religieux, employés aux services domestiques d'un couvent. Les convers ne sont pas très assidus au travail, nous apprend le *JDS* : souvent, les convers conversent pendant que les prieurs prient. Épinglés, les convers en question se défendent en arguant que, en Orient, tandis que les lamas crachent (des torrents de prières), bien souvent les bonzes bronzent. C'est un débat interreligieux que nous ne trancherons pas.

2. **Frimas**. Bien entendu, il s'agit ici du nom commun, et non pas de la deuxième personne du singulier du passé simple de l'indicatif du verbe

frimer : « Tu frimas. » Cette forme reste cependant très usitée de nos jours. Pour dire : « Hier, en boîte, comment tu te l'es trop pétée, mon pote ! » on dira tout simplement : « Hier, au dancing, tu frimas, mon ami ! »

Mais c'est le nom masculin « frimas » qui nous intéresse dans ce mariage vendéen. Ce nom se raréfie logiquement au fur et à mesure que la planète se réchauffe. Le frimas, c'est un brouillard froid et épais qui forme du givre en tombant. Il se manifeste rarement au mois de juillet, sous nos latitudes, au point que, par le truchement joyeux d'une élégante métaphore, « la saison des frimas » désigne à coup certain l'hiver. C'est ainsi en parfaite connaissance de cause que les républicains donnèrent au mois de décembre le nom de « frimaire », le mois des frimas, situé entre « brumaire », le mois des brumes et des coups d'État, et « nivôse », le mois de la neige... « nivôse » qui reste présent dans l'affirmation suivante : « Il voulait faire du ski avec moi, mais il n'était pas au nivôse. »

Le frimas forme donc du givre, « couche de glace extrêmement ténue et blanche, provenant de la cristallisation, par temps froid, au contact d'un corps solide exposé à l'air, des fines gouttelettes d'eau en surfusion »... du givre, pour dire les choses simplement... en vertu de quoi un vieux monsieur « poudré à frimas » est une personne dont les cheveux sont poudrés de blanc, mais qui n'a pas forcément eu l'intention de frimer. La frime qui nous intéresse, celle qui a donné le frimas, vient de l'ancien français *frume*, mot issu du francique et qui signifie « givre ». On serait d'ailleurs en droit de dire que le vieux monsieur de tout à l'heure est « givré », même s'il n'est pas plus fou qu'il n'est frimeur.

Revenons un court instant au calendrier républicain, d'un simplisme bucolique et charmant. Avec, dans l'ordre, puisque tout commence un 22 septembre : vendémiaire, le mois des vendanges, brumaire, on l'a dit, le mois des brouillards, frimaire, le mois des frimas. Puis nivôse, pluviôse et ventôse, respectivement mois de la neige, de la pluie et du vent. Nous arrivons à germinal, mois de la germination, ça sent le printemps... floréal, mois des fleurs, et prairial, mois des prairies, comme le temps passe... et voici les moissons en messidor, la chaleur en thermidor, et les fruits en fructidor. C'était bien mignon, mais, depuis 1804, nous devons nous contenter du calendrier grégorien, œuvre du pape Grégoire XIII... à moins d'oser le calendrier « rollinien », peu connu, même des spécialistes, et pourtant très pratique. Ce calendrier commence en *rentrôse*, le mois de la rentrée, puis *fatigôse*, le mois de la fatigue, et *valérôse*, le mois de l'anniversaire de ma cousine Valérie. Ensuite c'est *cador*, le mois des cadeaux, *skior*, le mois des sports d'hiver, et *crêpor*, le mois des crêpes. Viennent ensuite *giboulaire*, le mois des giboulées, *filaire*, pendant lequel il ne faut pas se découvrir d'un fil, et *fet'démaire*, le mois de la fête des mères. L'année se termine avec *gardenpartal*, le mois des garden-parties, puis *régimal*, le mois où on se met au régime, et *vacançal*, qui dit bien ce qu'il veut dire. Et on repart à *rentrôse*...

L'essayer, c'est l'adopter.

3. **Hâve** : amaigri par la faim, la fatigue, la souffrance. Hâve, avec un *h* aspiré au prix de pénibles déglutitions. Hâve qui voisine quotidiennement avec défait, maigre, blafard et terreux. Hâve qui supporte la déprimante promiscuité de blême, de plombé, d'émacié, de livide et d'étique. Hâve contraint de commercer avec cireux, pâle, exsangue et décharné. Pauvre hâve ! Avec tout le malheur qu'il trimballe, il a pour seule consolation de n'être jamais confondu avec le havre, « petit port naturel ou artificiel, bien abrité, généralement à l'embouchure d'un fleuve », et encore moins avec le havre figuré, le havre de paix, oasis de beauté et d'insouciance dans un monde par ailleurs si cruel.

Il y a peu de gens hâves au Havre, ville classée depuis le 15 juillet 2005 par l'Unesco au patrimoine mondial de l'humanité.

4. **Grège**. Contrairement à un usage réducteur, l'adjectif grège ne se cantonne pas à la contemplation de soie (!). Certes, la soie grège, c'est la soie brute, telle qu'on l'a tirée du cocon. Mais, par voie de conséquence, grège est aussi une couleur, douce comme la soie, une couleur tenant du gris et du beige. Dans ce sens, grège est invariable : des étoffes grège, ce sont des étoffes gris-beige.

Il n'est pas innocent de remarquer que « grège » rime avec « beige », car c'est en termes de rime que grège aligne les performances. En premier lieu, grège rime avec « spicilège », qui désigne un « recueil de morceaux choisis, de documents variés, d'observations », et qui fait donc double emploi avec les « miscellanées », qui désignent quasiment la même chose.

Mais grège va beaucoup plus loin. Il rime, très musicalement, avec les arpèges, les chorèges et le solfège ; il rime, religieusement, avec le Saint-Siège et ses nombreux collèges, ainsi qu'avec les cortèges, même sacrilèges ; grège est assez stratège pour rimer à la fois avec la Norvège et avec l'Ariège, pour éviter les pièges et les sortilèges de la neige, et il s'octroie le privilège de rimer avec les bouchons de liège et les chevaux de bois du manège.

Il y a plus fort : l'adjectif grège agrège, en quelque short, comme disent les footballeurs, agrège dans la rime une joyeuse tripotée de verbes parmi lesquels je distingue avoir, béer, faire, mettre, naître, paître, réer, savoir, taire et venir, dès lors que ces verbes sont conjugués au présent de l'indicatif sous la forme interrogative littéraire.

Pour le verbe « avoir », par exemple, la forme interrogative « est-ce que j'ai ? » est parfaitement correcte, mais elle rime avec l'oiseau passereau au plumage brun clair tacheté de bleu, de blanc, de noir, et parfois de grège, bien connu par ailleurs. Pour rimer avec grège, il faut utiliser la forme littéraire « ai-je ? ».

« Avez-vous la monnaie ? » interroge l'épicier.

« Ai-je ? » se demande le client en fouillant fébrilement dans ses poches.

« Nais-je ? » se demande le bébé au moment de passer le col de l'utérus, avant d'ajouter avec une pointe d'anxiété : « Y vais-je ? »

« On m'a donné un dictionnaire des rimes : qu'en fais-je ? Où le mets-je ? L'avoue-je ou le tais-je ? »

« Rais-je ? » se demande le cerf au moment de raire !

« Pais-je, puisque les autres espèces paissent ? » se demande le mouton en début de repas.

« Bée-je ? » interroge la carpe, avant de conclure en son for intérieur : « Qu'en sais-je ? »

5. **Insanité**. Il est de toute première instance d'arracher le mot « insanité » aux méchantes griffes du faux-sens qui le tient captif.

« Nos prêtres ne sont pas ce qu'un vain peuple pense », disait Voltaire. Les insanités non plus. Les insanités ne sont nullement, comme le voudrait l'usage le plus répandu, des grossièretés, des cochonneries, des saletés, des horreurs, des obscénités.

Des insanités, ce sont, « tout bêtement », des bêtises, des sottises. Ou, si l'on veut varier les teintes, des absurdités, des âneries, des idioties, des imbécillités, des inepties, des stupidités.

Une insanité n'est pas une parole immonde : c'est une parole qui dénote un manque de jugement, de bon sens. C'est, nous dit le *Robert*, qui ne manque pas de bon sens, un manque de saine raison, de bon sens, c'est le caractère de ce qui est déraisonnable, c'est une action ou parole sotte, insensée.

À quelqu'un qui affirme que la majorité a toujours raison, il convient de répondre : « Cessez, Madame, de proférer des insanités », dans tous les cas où le locuteur est une locutrice.

Notons que l'insanité est précédée de peu, dans le dictionnaire, de l'insalubrité et de l'insaisissabilité, avec quatre *s*, et suivie d'aussi peu de l'insatiabilité et de l'insécabilité. Ce qu'on ne peut saisir, ce qu'on ne peut rassasier, ce qu'on ne peut couper, et ce qui n'est pas salubre, le tout dans un désordre indescriptible, une pagaille propre à créer ce fameux climat de défiance qui débouche le plus souvent sur un regrettable tissu d'insanités.

6. **Rombière**. Ce substantif féminin est particulièrement nécessaire dans les trois propositions suivantes : « Je me suis fait enguirlander par ma rombière » ; « Oh ! vous, la vieille rombière, on vous a pas demandé votre avis » ; et... : « Elle est comment, la rombière ? »

De quoi parle-t-on alors ? Selon le *Robert*, d'une « bourgeoise d'âge mûr qui est ennuyeuse, prétentieuse, et un peu ridicule ». Selon *Larousse*, d'une « femme, généralement âgée, un peu ridicule et prétentieuse ». La voilà donc habillée pour l'hiver, cette rombière qui cumule, à l'unanimité des dictionnaires, les inconvénients de l'âge, de la soporativité – ce néologisme, long comme un jour sans pain, dit bien ce qu'il veut dire –, de la prétention, et par conséquent du ridicule.

Notre premier intervenant, qui annonce s'être fait enguirlander par sa rombière, doit donc être bien conscient qu'il définit sa propre épouse comme une bourgeoise, ayant allègrement dépassé le cap de la cinquantaine, une bourgeoise tout à la fois bêcheuse, barbante et grotesque. Si, et seulement si, tous ces points sont vérifiés, notre homme est bien fondé à traiter sa femme de rombière. Dans tous les cas contraires, il sera mieux inspiré de la baptiser des noms de compagne, moitié, conjointe, nana, légitime, régulière ou concubine, selon la nature des liens matrimoniaux.

Penchons-nous à présent prudemment sur la « vieille rombière », celle à laquelle on n'a pas demandé son avis. Est-elle effectivement une vieille rombière, c'est-à-dire une bourgeoise d'âge TRÈS mûr, puisque rombière et vieille de surcroît, affligée de tous les défauts consubstantiels à son état de rombière ? N'est-elle pas plutôt, et tout aussi bien, une mégère, une furie, une harengère, une vipère, une harpie, une vieille folle, vieille bique ou vieux chameau, une chipie, un dragon, une garce, une sorcière, une gorgone, une maritorne, ou une virago ? L'invective, toujours, s'honore de la précision.

Il reste la question : « Elle est comment, la rombière ? », question à laquelle la seule réponse valide s'énonce ainsi : « Elle est exactement comme dans le dictionnaire. »

7. Le verbe « **morigéner** » signifie, dans un sens second, mais en fait pas si second que ça dans la mesure où le sens premier est définitivement vieilli... signifie, donc : réprimander, sermonner.

Je ne cite là que les deux synonymes les plus immédiats, mais il y en quantité d'autres qui signifient peu ou prou « engueuler », comme admonester, chapitrer, disputer, fustiger, gourmander, gronder, quereller ou tancer. Quelle utilité, et quelle chance de survie peut-on dès lors accorder à « morigéner » quand tant d'autres mots rendent compte à peu de chose près du même phénomène ? Deux facteurs peuvent contribuer à la défense de « morigéner ». En premier lieu, ce verbe bénéficie d'un excellent voisinage dans le dictionnaire : il est entouré de l'adjectif « moribond » : qui est près de mourir, et de l'adjectif et nom « moricaud » : qui a le teint très brun, basané... voilà pour le dessus, et pour le dessous : la « morille », champignon ascomycète à chapeau alvéolé, excellent comestible ; et le « morillon », variété de raisin noir, ou canard sauvage à plumage noir. En second lieu, il faudra s'appuyer sur le premier sens de « morigéner », que j'ai eu, il y a tout juste 181 mots, l'imprudence d'écarter d'une plume méprisante. Ce premier sens, c'est celui d'élever, d'éduquer. Quelqu'un qui est, comme le dit Molière, « bien mal morigéné », c'est quelqu'un qui est tout bêtement mal élevé. D'où la nuance du verbe morigéner, nuance qui n'appartient qu'à lui et qui le sépare de chapitrer, trop religieux, ou de quereller, trop polémique, qui le sépare aussi de gronder, trop familier, de fustiger, trop cérébral, d'admonester, trop judiciaire, de gourmander, trop équestre, ou de tancer, trop guerrier... Morigéner, c'est réprimander sur un air de morale, comme un père pourrait le faire à l'endroit de son fils, lorsqu'il constate, toute honte bue, que ledit fils est décidément mal élevé, qu'il a grandi trop loin des préceptes moraux essentiels. Voilà donc le verbe morigéner solidement restauré dans sa nuance spécifique, « je te morigène », « tu me morigènes », « il nous a morigénés », « il ferait beau voir qu'il nous morigénât », et « nous morigéneraient-ils que nous n'hésiterions pas à les morigéner à notre tour ».

À chaque verbe son adverbe : on tance « vertement », on réprimande « brutalement », on chapitre « crûment », on sermonne « durement », on admoneste « rudement », on gronde « vivement »... et comment morigène-t-on ? Eh bien on morigène tout simplement, et c'est assez pénible comme ça.

8. **Salisson** : nom féminin ; petite fille malpropre, ou, plus largement, femme malpropre et désagréable. On peut dire aussi une souillon, ou une gaupe. Je ne souhaite à personne d'avoir à faire usage de ces mots-là, mais si d'aventure la triste réalité vous met face à une gaupe, à une bande de souillons ou à une escouade de salissons,

il ne sera pas inutile de pouvoir les nommer avec précision.

La « salisson » a une famille, qui s'est constituée non pas autour du concept d'hygiène insuffisante, mais autour de la sonorité du mot. On remarquera dans cette famille le calisson, le caleçon, la salaison, le saucisson, et l'impératif du verbe salir : salissons. « Salissons », c'est la consigne que, depuis la nuit des temps, les vandales se donnent lorsqu'ils découvrent un endroit trop propre à leur goût : « Salissons ! » Le résultat, je ne vous le raconte pas, vous le voyez tous les jours.

Je ne vous apprendrai rien non plus sur le caleçon, sous-vêtement masculin, tout au plus me permettrai-je de rappeler à votre bon souvenir le très péjoratif « caleçonnade », à ne pas confondre avec le sucre qui lui ressemble et qui n'est pas très raffiné non plus, mais dans un autre sens... Bref, une caleçonnade, c'est un spectacle de boulevard à thème érotique. Une sombre merde, comme on dit en français d'aujourd'hui.

Le saucisson, c'est un ami, un ami qu'on a plus vite fait de manger que de définir, car le saucisson est, selon l'ami *Robert*, une « préparation de viandes hachées, assaisonnées, cuites ou séchées et présentées dans un boyau, destinée à être mangée telle quelle, coupée en tranches ».

Citons, et nous aurons fait le tour, le « calisson », petit gâteau d'amandes pilées, dont le dessus est glacé ; le « paillasson », natte épaisse et rugueuse servant à s'essuyer les pieds ; le « canasson », cheval populaire ; et la « salaison », préparation par laquelle on sale un produit alimentaire pour le conserver.

Extrait d'une interview poignante de Mlle Juliette Pousson, gosse de riches, par M. Hubert Jeanson, journaliste à *L'Écho de Vaucresson*.

« — Vous trouveriez, un beau matin, sur votre paillasson, une boîte de calissons et une terrine de salaison de canasson, comment réagiriez-vous ?

« — Je penserais que la concierge est une gaupe et une salisson ! »

Quelle belle leçon !

9. Une **antienne**, avec le son *t* comme dans « À la tienne Étienne », et non pas une ancienne, même si l'antienne s'écrit comme béotienne, égyptienne, vénitienne, tahitienne, ou tribunitienne. Dans certains cas, on peut parler d'« ancienne antienne », puisque le mot vient du grec *antiphonê*, signifiant « qui répond à ».

L'antienne, terme liturgique, est en effet, au sens propre, le refrain, souvent bref et de préférence chanté, qui précède et qui suit un psaume. Au sens propre et musicalement parlant, l'antienne est l'ancêtre du refrain.

Au figuré, une antienne, nous dit *Larousse*, est un discours répété sans cesse, d'une manière lassante ; c'est, complète *Robert* qui ne craint pas l'allitération, une chose que l'on ressasse sans cesse.

L'expression indignée « c'est toujours la même antienne » a le même sens que « c'est toujours le même refrain », « c'est toujours le même couplet »,

« c'est toujours la même chanson », ou « c'est toujours la même rengaine ». Quand on aura mentionné la ritournelle, le leitmotiv et la scie, on aura fait, à ma connaissance, le tour des antiennes.

En dépit de ses visées pacifiques et universelles, l'antienne se retrouve, dans le dictionnaire, mêlée à la longue cohorte des *anti* : antibiotique, antichambre, anticlérical ou antibrouillard, anticommuniste, anticorps ou antiparasite, antigang, antidote, antipode, antithèse, antirouille, antimite, antichar, antitabac, et même antimoine, corps simple, figurant dans le tableau de Mendeleev sous le symbole Sb comme *stibi*, qui signifie en grec « noir d'antimoine », numéro atomique 51, masse atomique 121,76... pour plus de précisions, veuillez vous adresser directement aux moines de l'abbaye de Notre-Dame de Ganagobie.

10. **Emétique**. Peut-on condamner un mot au mince prétexte qu'il recouvre une réalité peu réjouissante ? Non, bien sûr. Les dégâts ainsi commis seraient criminels. Tous les mots ont droit à la vie, même ceux qui désignent des choses répréhensibles ou des phénomènes redoutables. Tout au plus pouvons-nous souhaiter ne pas les entendre trop souvent.

Ainsi de cet adjectif « émétique », mot de la médecine signifiant « qui provoque le vomissement ».

Une préparation émétique est une préparation

destinée à provoquer un vomissement, et pourtant elle s'orthographie le plus simplement du monde : é-m comme dans émotion ou émirat, immédiatement suivi de -étique, quand il signifie « d'une extrême maigreur ». Il faut résister à la tentation de mettre des *h* dans émétique, au début du mot, par attirance pour hématique, « d'origine sanguine », ou avant le *i* par attirance pour éthique, « qui concerne la morale », ou encore un peu n'importe où dans le mot par attirance pour esthétique, ou par réminiscence de l'adjectif méphitique, dont le sens n'est pas très éloigné d'émétique, puisque méphitique se dit d'une exhalaison toxique et puante. Mais si une odeur méphitique est souvent émétique, les potions émétiques sont rarement méphitiques, sinon le patient refuserait de les ingurgiter.

L'intérêt principal à mes yeux de l'adjectif émétique est mycologique. C'est en effet cet adjectif qui permet de distinguer, malgré leur ressemblance sidérante, la russule jolie, honnête comestible, de la russule émétique, qui provoque des vomissements. Ces deux champignons à lames serrées, à chair blanche et parfumée, ont le même chapeau rouge vif très séduisant et croissent au même moment dans les mêmes biotopes. La seule méthode fiable pour les distinguer consiste à les goûter. Croquez une parcelle du champignon en bordure du chapeau : si c'est doux et légèrement fruité, ajoutez la russule à votre récolte. Si c'est âcre, piquant, infect... c'est une russule émétique, recrachez le morceau et rincez-vous la bouche avec une rasade de thé à la menthe. Il va sans dire que ce test est sans danger, mais si vous répugnez à le faire, apportez-moi vos champignons chez l'éditeur, je les testerai pour vous.

Une nuit de décembre 1971, j'ai tenté de classer par familles les mots en -tique contenant un *h*. Les sympas : athlétique, helvétique, hémostatique, humoristique, mathématique, prophétique, prophylactique, synthétique, thématique et thérapeutique. Les pas sympas : asthmatique, emphatique, exanthématique, hépatique, hermétique, hérétique, inesthétique, lymphatique, néphrétique, pathétique, pharmaceutique, rachitique, schismatique, syphilitique, technocratique et théocratique.

Et les inclassables : eucharistique, hiératique, hydrostatique, hypnotique, hypothétique, périphrastique, phonétique et schématique.

J'ai un très bon souvenir de cette nuit-là.

44

Lettre à M. J., ancien sous-préfet, pour tenter de lui clouer le bec

Pas du tout cher M. J.,

Je vous ai entendu récemment pérorer sur l'antenne d'une station de radio d'extrême droite... station qui, connaissant probablement votre trouble passé, s'était empressée de vous dérouler le tapis rouge (sang). Vous faisiez là-bas l'éloge vibrant de Nicolas Sarkozy, en affirmant que cet homme « avait eu le courage de dire ce que personne avant lui n'avait osé dire, en l'espèce : qu'il était urgent de se débarrasser de l'esprit de Mai 68 ». Vous ajoutiez que, en effet, « toute cette période qui se résumait à proclamer qu'il est interdit d'interdire, qu'il faut lancer des pavés, qu'il faut prendre le pouvoir par la violence », toute cette période méritait d'être enfin condamnée comme stérile et néfaste.

Puis-je me permettre, en premier lieu, d'attirer votre attention sur le fait que la formule « il est interdit d'interdire », chère en effet aux militants de Mai 68, était à l'évidence un tour humoristique, comme qui dirait un « slogan », qui ne réclamait en aucune façon l'abolition de toute espèce d'interdiction quelle qu'elle soit – apprenez à considérer que vos adversaires ne sont pas forcément des débiles mentaux ni des irresponsables – mais qui invitait les citoyens à s'interroger sur la validité et la légitimité d'un certain nombre d'interdits... parmi lesquels beaucoup en effet se révéleront, tout bien considéré, abusifs, inutiles, contreproductifs et méchamment absurdes ?

Puis-je ajouter que personne, à cette époque, pas même les leaders les plus virulents de la contestation, n'a exhorté la foule à lancer des pavés pour le simple plaisir de lancer des pavés ? Pas plus que, de 1942 à 1945, la résistance française, qui n'eut manifestement pas l'heur de vous plaire, n'exhorta les citoyens à faire sauter des voies de chemin de fer pour le simple plaisir de faire sauter des voies de chemin de fer...

Suis-je assez clair ?

Dois-je encore vous rappeler que la cause des femmes, qui est une avancée de civilisation dont les bienfaits se feront sentir pendant plusieurs siècles encore : c'est 68 !

Au même chapitre, la contraception libre et consentie, synonyme de liberté pour des millions de femmes : c'est 68 !

La fin du contrôle absolu des moyens d'information et de communication par le pouvoir politique : c'est 68[1] ! Sans Mai 68, et son écho de 1981, il n'y aurait pas de radios libres, et pas même celle qui vous permet aujourd'hui de débiter librement vos saloperies.

L'abolition de l'archaïque censure, en particulier dans le domaine culturel et artistique, c'est 68 !

La fin des châtiments corporels, à l'école, au lycée et autant que faire se peut dans les familles : c'est 68 ! Cela vous chagrine, certainement, mais c'est encore un recul de la barbarie qu'il faut mettre à l'actif de la vague libertaire à laquelle vous ne participâtes point, c'est le moins qu'on puisse dire, et que vous haïssez tant.

L'accès, à peu près équitable, des enfants de France aux filières d'études, la limitation de la sélection par l'argent : c'est 68 !

L'idée – désormais morte et enterrée, j'en conviens – que la police est au service des citoyens, et non pas l'inverse : c'est 68 !

La liberté retrouvée de se réunir, de s'exprimer, de créer, de sortir des sentiers battus : c'est 68 !

Toutes ces conquêtes ont profité à vos enfants et petits-enfants, et il y a, en plus de la crétinerie, une forme d'obscénité à vouloir réduire cette page de l'Histoire à un puéril hourvari[2] folklorique fait de deux mots d'ordre et trois jets de pavés.

---

1. Le procédé que j'utilise, avec ma légendaire maladresse, dans ce plaidoyer probablement vain, s'appelle l'anaphore.

En grammaire, une anaphore est un mot ou un syntagme qui, dans un énoncé, assure une reprise sémantique d'un précédent segment, appelé antécédent. Dans l'exemple : « Simone n'a pas beaucoup de vocabulaire ; elle utilise le mien »... le pronom possessif « le mien » est une anaphore dont l'antécédent est le nom « vocabulaire ». Sans l'anaphore, on dirait : « Simone n'a pas beaucoup de vocabulaire ; elle utilise mon vocabulaire. » Et on perdrait un temps précieux. L'anaphore nous fait gagner du temps, et on « en » a bien besoin. Cette fois, le pronom « en » est une anaphore dont l'antécédent est probablement le temps, mais pourrait tout aussi bien être l'anaphore, au sens de « on a bien besoin de l'anaphore ». Conclusion provisoire : l'anaphore n'exclut pas l'amphibologie.

Mais c'est en rhétorique que l'anaphore nous intéresse le plus. C'est alors une figure de répétition, consistant en une ou plusieurs reprises d'un même segment ou d'un même mot, en tête de vers ou en tête de phrase. L'anaphore rythme la phrase, souligne un mot, une obsession, provoque un effet musical, communique plus d'énergie au discours ou renforce une affirmation, un plaidoyer.

Exemple cornélien :

Rome, l'unique objet de mon ressentiment !
Rome, à qui vient ton bras d'immoler mon amant !
Rome qui t'a vu naître, et que ton cœur adore !
Rome enfin que je hais parce qu'elle t'honore !

« Et la cataphore ? » me demandez-vous tout tremblants ! C'est un peu le contraire de l'anaphore, grammaticalement parlant. Une cataphore est un mot ou un syntagme qui, dans un énoncé, renvoie sémantiquement à un segment « à venir » appelé conséquent.

Exemple : « Si vous la croisez, dites à Simone qu'elle manque de vocabulaire. Dites-lui bien qu'elle en manque. »

Le pronom personnel « la » de la proposition « si vous la croisez » est une cataphore, et son conséquent est le nom propre « Simone ». Sans cataphore, on aurait dit : « Si vous croisez Simone, dites à Simone... ce que vous savez... »

Pour la bonne bouche, j'ai ajouté deux anaphores, puisque dans la proposition « dites-lui bien qu'elle en manque », les pronoms « lui » et « en » sont des anaphores ayant respectivement pour antécédents « Simone » et « vocabulaire ».

2. Le **hourvari** est un mot de la vénerie, la grande ou la petite, qui désigne le cri des chasseurs pour ramener des chiens tombés en défaut, c'est-à-dire des chiens courants qui font fausse route. Par extension, un hourvari, avec un *h* bien aspiré, ou des hourvaris, avec des haches très inspirées, désigne toute sorte de vacarme, de grand tumulte. Le dictionnaire *Robert* cite Gobineau (Joseph Arthur, comte de Gobineau, né à Ville-d'Avray en 1816 et mort à Turin en 1882, un auteur injustement mis à l'index, en raison du très mauvais usage que fit un certain Adolf Hitler de son *Essai sur l'inégalité des races humaines*). Gobineau écrit : « Ce fut un hourvari, un tourbillon, une mêlée, un éclair. » On en frémit.

Mais revenons à nos cerfs et à nos chevreuils pour remarquer que, dans son sens le plus ancien, le hourvari est « la ruse d'une bête de chasse » qui, en revenant sur sa voie, trompe les chiens de la meute. D'où la nécessité de rappeler les chiens, ce que fait le petit ou le grand veneur en criant : « Hourvari ! »

La vénerie, ou vènerie, c'est au choix, « l'art de chasser avec des chiens courants », la vénerie est riche d'un abondant jargon, dont seuls quelques mots, malheureusement, subsistent dans le langage courant, à l'instar du taïaut, ou tayaut : terme que l'on emploie lorsqu'on voit l'animal de chasse par corps, à la chasse au cerf, au daim ou au chevreuil. Attention : pour le sanglier et le loup, on ne crie pas taïaut, on crie vlo-o.

Autre mot de vénerie encore en usage : l'hallali, cri de chasse annonçant que l'animal est aux abois. Il y a l'hallali courant, l'hallali sur pied en courant, et enfin, lorsque l'animal est tombé, on sonne l'hallali par terre, comme au Japon.

L'hallali, c'est la fin des haricots, surtout quand l'animal blessé se couche lourdement sur les fragiles plants de haricots.

Le lexique de la vénerie nous rappelle encore un mot plein de potentiel : la mouée. La mouée, c'est la soupe des chiens courants. Laquelle mouée permet de perfectionner la blague bien connue :

« — Il est tatoué, ce chien ?

« — Un peu, qu'il est à moué ! »...

... la perfectionner de la façon suivante :

« — Et ça, c'est à moué ?

« — Non, ça c'est pas t'à toué, et c'est pas ma mouée non plus, ça c'est la mouée du chien. »

Précisons, car on nous le demande souvent, que le cri réglementaire par lequel le valet de limier réchauffe l'ardeur de son chien s'énonce, en cinq mots : HO ! LO ! LO LO LOO ! Tous les autres cris sont inopérants.

45

Lettres de noblesse

(Déployez soigneusement, en huit à dix pages maximum, l'arsenal paradigmatique[1] *de la noblesse, en vous inspirant de la liste ci-dessous.)*

Robe, épée, quartier, particule, oblige, cœur, âme, aristocrate, prince Halinge, luxe, branche, princesse Deferre-Lenfant, caviar, armoiries, duc Alme-Lémèque, décadence, richesse, duchesse Yllès-Hélavy, blason, archiduc Dupont, langouste, archiduchesse, chemises archisèches, trésor, marquis Saysselp-Lombié, marquise, tout va très bien, comte Ladessus, foie gras, comtesse Konmange, héraldique, vicomte Seyssoux, titre, privilège, vicomtesse Tattaire, lignée, seigneur, roi, baron Nouvite, nobiliaire, baronne, vidame l'abbé Noir, château, palais, manoir, clergé, chevalier, fric, domestiques, laquais, boniche, ancillaire, valet, grouillot, argenterie, carrosse, gentilhomme, écuyer, morganatique, confit d'oie, reine, etc.

1. Qu'est-ce qu'un **paradigme** ? Bien des choses, en vérité, je vous demande de rester bien concentrés.

En philosophie tout d'abord : un paradigme, c'est une chose familière ou connaissable qui n'a pas d'importance en elle-même, mais qui sert, en prenant valeur d'exemple, à connaître par analogie une réalité essentielle. Le triangle est le paradigme de la Trinité de Dieu chez les chrétiens. Ne pas confondre avec paradis.

Dans le domaine littéraire, un paradigme est une œuvre servant de modèle à une tradition, à un genre, à une catégorie de textes. *Don Juan* est ainsi le paradigme du séducteur. Ne pas confondre avec parangon.

D'un point de vue plus large, un paradigme est une représentation du monde, une manière de voir les choses, un modèle cohérent de vision du monde. Le paradigme d'un groupe humain donné, c'est le système de représentations largement accepté par ce groupe. Ne pas confondre avec parachute.

En épistémologie, un paradigme, c'est un ensemble de problèmes et de solutions communément acceptés et sur lequel repose la formation scientifique. Au début du XIXe siècle, le mot paradigme était ainsi employé pour désigner un modèle de pensée dans des disciplines scientifiques.

En grammaire, le paradigme est un mot type qui

est donné comme modèle pour désigner une variation sur une racine, sur une idée ou sur un mot.

En linguistique, le paradigme, c'est l'ensemble des termes substituables à un point de la phrase. Autrement dit, l'ensemble des formes différentes que peut prendre un mot. Le paradigme du verbe être au présent de l'indicatif est : suis, es, est, sommes, êtes, sont.

Toujours en linguistique, on parle d'axe paradigmatique, que l'on oppose à l'axe syntagmatique. Le premier concerne le choix des mots eux-mêmes, le second le choix de leur placement dans l'énoncé. Autrement dit : l'axe paradigmatique, c'est le point du texte où une classe d'éléments peuvent être substitués. L'axe syntagmatique, c'est la chaîne des points où des éléments peuvent être substitués. Vous n'avez pas compris ? Et alors ? Vous croyez que j'ai compris, moi ?

46

Lettre à un professeur de français, afin que nul n'en ignore

Cher Maurice Barnier[1],

Plus de quarante ans après avoir été, pendant deux saisons scolaires, votre élève, et bien que j'aie eu il y a peu l'insigne plaisir de pouvoir vous témoigner ma gratitude de vive voix, je tiens à vous renouveler solennellement et par écrit mes remerciements pour le rôle déterminant que vous avez joué dans mon existence. Si l'on me pressait de ne remercier, hormis mon père bien entendu, qu'un seul homme, pour le goût qu'il m'a donné à la fois de la langue française et de la probité, c'est vous que je choisirais de bénir.

Et puisque, aussi bien, vous m'avez laissé le souvenir ému d'un professeur « hyper bath », comme on disait en ce temps-là, je vous prie de bien vouloir agréer celle-ci, en signe de reconnaissance éternelle. Cette hyperbate[2], bien entendu !! Et de mon cru, l'eussiez-vous cru !

Que Jules Ferry vous garde.

1. On comprendra sans peine que ce modèle de lettre ne peut être utilisé que par ceux qui, comme moi, ont eu la chance d'avoir comme professeur de français le merveilleux, l'irréprochable, le littéralement enthousiasmant Maurice Barnier. Les autres devront rechercher à la Bibliothèque de France un recueil de modèles de lettres adapté à leur besoin spécifique.

2. L'**hyperbate**, trope bien sympathique et très féminin, est une figure de grammaire qui consiste à intervertir l'ordre naturel et habituel des mots, ou à disjoindre deux termes habituellement réunis.

Exemple trivial : « une fleur jolie », au lieu de la traditionnelle « jolie fleur ». Un peu moins trivial : « Là coule un clair ruisseau. »

Exemple plus sophistiqué, chez du Bellay : « Et les Muses de moi, comme étranges, s'enfuient. » Et un grand classique de l'hyperbate, chez Verlaine :

Le ciel est, par-dessus le toit,
Si bleu, si calme.

Dans une acception plus étroite, l'hyperbate est une figure qui se caractérise par l'ajout d'un mot ou d'un syntagme à une phrase qui semblait achevée. Un exemple, tiré de Jules Laforgue : « Il était beau, hein, Narcisse ? et distingué ! » Vous l'avez compris : c'est le « distingué » qui fait l'hyperbate.

Hyperbate de l'extrême, à présent, chez Paul Valéry :

> *Quelle, et si fine, et si mortelle*
> *Que soit ta pointe, blonde abeille.*

À l'infini multiplier les exemples, bien sûr, on pourrait. Mais inutile me semble cela.

NB : De même qu'il y a une parenté réelle entre l'anaphore, l'épanalepse et la battologie, de même il existe un lien certain entre l'hyperbate et l'anastrophe. Pour être très franc, et jusqu'à plus ample informé, c'est la même chose, la même figure. L'anastrophe est définie comme une « figure de construction qui consiste en une inversion de l'ordre habituel des mots d'un énoncé pour créer un effet de langue raffiné ». On ne saurait mieux désigner l'hyperbate, ou je ne m'y connais plus !

47

Lettre texto pour inviter tous les destinataires à une fête avec entraves sans entraves

Slt. Bg teuf chz wam dim à p 21h. thm SM djanté. 2 btlle p p swété. Modpaç : « DANS LES PERSONNES QUE NOUS AIMONS, IL Y A, IMMANENT À ELLES, UN CERTAIN RÊVE QUE NOUS NE SAVONS PAS TOUJOURS DISCERNER MAIS QUE NOUS POURSUIVONS[1]. »

---

1. Choix très astucieux que cette jolie citation de Marcel Proust en guise de mot de passe. Il faudrait être bigrement perspicace pour deviner qu'une soirée SM très alcoolisée a retenu pour sésame une si jolie pensée d'un auteur si romantique et si raffiné.

48

Lettre txto pr 1vit ts cops à teuf sm mdr

Un grand bonjour à tous : j'organise à mon domicile une grande fête dimanche à partir de 21 heures. Le thème que nous avons retenu, au terme de saines délibérations démocratiques, est le suivant : sadomasochiste décalé et délirant. Il est souhaitable que chacun des participants apporte au moins deux bouteilles d'alcool, afin que nous soyons, tous autant que nous serons, en mesure de nous déchirer bien gravement. Le mot de passe qui permettra d'accéder à la soirée est le suivant : « Dan lé person' ke nou zémon ilia imanan a L 1 ser 1 rev ke nou ne savon pas tjr 10Rné mé ke nou prsuivon[1]. »

---

1. C de Proust, c dla bal, sapett !!!!!!

49

Lettre texto pour annoncer, le plus officiellement du monde, à la personne avec laquelle on a rendez-vous, que l'on honorera effectivement ce rendez-vous, mais avec un retard d'un quart d'heure environ, et, simultanément, que l'on est tout à fait contrit de ce contretemps

Rtrd 15' dsl

50

Lettre d'une adolescente à une autre

Salut Laura[1],

J'ai pas fini ma géo mais il faut que je te raconte la soirée au grec d'hier. On est dimanche, je suis dans ma chambre, on mange dans une heure, on bouffe des calamars, j'en peux plus des calamars on en mange pratiquement tous les dimanches midi, et ma mère sait très bien que j'ai horreur de ça. À mon avis, elle fait exprès. Pour répondre à ta question, non, ça ne me fait pas chier que tu sortes avec Léo. En fait, c'est vrai que quand tu m'en as parlé, au départ, ça m'a foutu les boules, mais après, c'est passé. De toute façon, je voulais sortir avec lui en 5e, et il avait dit non, alors tu vois... par contre, je ne sais pas si il aime toujours Océane. Je sais que l'année dernière il voulait sortir avec elle. Je le sais parce qu'il l'avait dit à Quentin, alors qu'il est super renfermé, et je m'étais dit que s'il avait besoin d'en parler à ce point, c'est que ça devait être sérieux. T'aurais le courage de lui demander en face, tu crois ? Je ne sais pas ce qu'il y a de mieux à faire. Si tu passes par Amandine ou Sam, tu peux être sûre que toute la classe va être au courant dans les secondes qui suivent. Et si tu lui demandes en face et qu'il te colle un vieux vent, t'es bonne pour supplier tes parents de déménager à Lima tellement t'auras la honte de retourner au collège. Attends, y a mon frère qui me soûle mais grave… je viens d'aller lui gueuler dessus, il est trop stupide pour comprendre que je dois bosser et il fout sa musique de bouffon à fond dans toute la maison. Évidemment, mes parents ne disent rien, c'est leur petit chouchou tu comprends… Cet enfoiré m'a traitée de grosse vache ! Cela dit, je ne sais pas ce que t'en penses, mais je trouve effectivement que je ressemble de plus en plus à une grosse vache. Je ne dis pas ça à cause de ce qu'il a dit, mais j'ai bien remarqué que je ne rentre plus super dans mon jean foncé, tu sais ? Et lundi en histoire, quand la prof a dit qu'on allait faire « la Grèce », Ben s'est retourné et m'a dit « Ça te connaît, hein, toi, la graisse ! » avec sa tête de gros con. Alors voilà, j'en conclus que ça y est, tout le monde a remarqué que je passais du stade normale + au stade gros tas. Je le déteste Ben, il est de plus en plus grave. En primaire, ça allait encore, il était supportable, mais plus le temps passe, plus il se la pète. T'aimes bien qui, toi, dans la classe ? Moi j'aime bien Méline, Natasha et Léa en ce moment. Je les trouve vraiment plus cool maintenant qu'au début de l'année (mais t'inquiète, c'est quand même toi ma meilleure amie !). Pour les mecs, à part Sam, Théo, Younes (évidemment…) et à la limite Alexandre, je les trouve tous nuls à rigoler bêtement toute la journée. Tu crois que quand on dit l'âge bête en parlant de notre âge, on parle aussi des filles ? Franchement, ça m'étonnerait. J'ai fait une super installation dans ma chambre pour camoufler mon portable à la vue de mes parents si ils rentrent sans frapper (j'ai beau leur dire que c'est la moindre des politesses, frapper avant d'entrer, ils s'en foutent, mais alors, bien !). Comme je l'ai mis à charger, j'ai dressé une pile de livres (éco, maths et SVT) sur mon bureau et il est juste derrière, je peux le surveiller du coin de l'œil, je suis obligée, il est sur silencieux, j'ai pas le droit de l'allumer pendant que je travaille. L'autre jour j'ai dit à mon père qu'il était aussi sévère qu'un nazi, il s'est tellement vénère que j'ai trop rien réclamé au niveau de l'allumage du portable. Comme tu dois t'en douter, je guette à chaque seconde un appel de Younes, ou juste un texto, je suis tellement désespérée que même un texto vide me ferait plaisir… ou même un texto d'insultes… non, quand même pas.

Ce matin je voulais me mettre sur MSN (depuis que j'ai eu son adresse, je me branche et je reste devant l'ordi pendant des heures à lui envoyer des ondes pour qu'il m'écrive, vu que je sais que Théo lui a donné la mienne, d'adresse, mais ça marche, mais trop pas. Tu vas me dire que je devrais lui écrire en premier et je te répondrai « plutôt crever »), mais mon abruti de frère fait ses jeux débiles depuis 8 heures du mat. Ce qui est absolument contraire au règlement de partage de l'ordi qu'ont fait mes parents, mais qu'est-ce que tu veux que je dise… Je me demande ce que j'ai fait pour mériter d'avoir un frère aussi catastrophique. Toi, t'as plutôt de la chance de ce côté-là. Bon, c'est peut-être pas pareil, vu que c'est ton grand frère, mais quand même ! Ça doit être pour compenser ma sœur qui est absolument géniale. Hier elle est rentrée tard après sa soirée, et elle est venue dans mon lit, je ne sais pas comment elle fait pour deviner quand je dors ou pas. Elle m'a tout raconté, je te redirai tous les détails demain, comme ça quand on ira à des soirées quand on sera en terminale, on saura ce qu'il faut faire et on n'aura pas l'air de deux cruchasses plantées dans un coin avec nos pepsi max. Elle est sortie avec LE beau gosse de son lycée, elle est trop contente, en plus il a l'air d'être hyper sympa, gentil et tout, elle a trop de la chance ! Elle aimerait bien que ça dure longtemps avec lui, mais pour ça, il faudrait qu'elle ait un peu plus le droit de sortir, pour pouvoir faire des trucs avec lui, pas que le week-end et tout, et ça c'est pas gagné avec les nazis. J'entends mes parents qui parlent dans la cuisine, ma mère est morte de rire, je ne comprends pas comment elle fait pour rire encore des vannes toutes, mais bien toutes pourries de mon père. Moi, j'y arrive pas en tout cas. Ça commence à sentir le calamar dans toute la maison, peut-être que c'est ça qui la fait marrer, moi ça me donne juste un peu l'envie de mourir. Faut que je finisse la géo... j'ai pas le courage. Je ne sais pas ce qu'ils ont en ce moment les profs, ils ont dû décider de nous achever, ils feraient mieux de nous assommer directement un par un avec leurs bouquins qu'on doit lire, ou de nous faire avaler tout rond nos carnets de correspondance, ils gagneraient du temps ! Au fait, j'ai toujours pas fait signer le mien, avec le mot de monsieur Boucherot dedans... comment je pourrais leur montrer ça ! Encore, mon père, je sais qu'il a fait des trucs du style quand il était petit, genre lancer une boulette en cours... je pourrais toujours dire « tel père telle fille », mais là, Boucherot, il a lu ce qu'il y avait écrit sur la boulette, et ça ça va pas passer crois-moi. L'idée de filer en lousedé dans la chambre de ma sœur pour qu'elle arrange le coup m'a bien sûr effleuré l'esprit (elle a atteint la perfection dans l'art d'imiter la signature de ma mère), mais si je fais ça, ça veut dire que je ne peux plus leur montrer mon carnet jusqu'à la fin de l'année, ce qui est mission impossible. Je suis dans une merde ! Si t'as une idée... il va falloir que je me la joue enfant idéale à son papa et sa maman un bon bout de temps pour leur faire avaler la pilule, pour que les mots « attitude déplorable » ne résonnent pas dans leurs têtes une bonne vingtaine d'années. En plus, ma mère a rendez-vous avec ma connasse de prof de piano vendredi, je pense que je vais passer tout samedi prochain à essayer de jouer mon morceau avec les deux furax plantés derrière moi les bras croisés. C'est marrant ça, quand je suis toute seule, j'arrive à peu près à bien jouer, même j'aime bien ça des fois, et dès qu'ils me disent « Tiens, joue-nous ton morceau ! », j'y arrive pas, alors ça m'énerve, je recommence, c'est pire, ça m'énerve encore plus, je leur jure que j'y arrive normalement, mais ils sont déjà repartis avec leurs petites têtes genre « tu nous déçois ma fille ». Ça me soûle, tu peux pas savoir. Du coup, ça fait trois semaines que je ne fous plus rien, au moins, je les déçois pour quelque chose. Toujours pas de nouvelles de Younes. Crotte de bique à la chiasse de merde. J'avais l'impression d'avoir progressé, avec lui, mais maintenant je me demande. Vendredi, en allemand, on s'est regardés plein de fois, j'avais mis ma chemise porte-bonheur, celle que j'avais le jour où on s'est rencontrés, et le jour où il m'avait souri, la veille des vacances, et ça a marché ! Il m'a fait une adorable tête, mi-sourire, mi-l'air de dire « on s'emmerde ». Après, il s'est carrément retourné pour nous demander pourquoi on se marrait Théo et moi ! Et voilà, plus rien, à 5 heures il est parti sans attendre que je sorte de la classe, donc sans me dire au revoir. Les boules... Ma sœur me dit qu'il faudrait que je l'ignore, genre j'en ai rien à foutre de le voir mais j'y arrive pas. Quand il est dans un rayon de moins d'un kilomètre, je ne peux pas m'empêcher de le regarder ! En même temps, je le comprends de ne pas me sauter dessus, vu comment je me transforme en idiote débile dès qu'il est là. Mardi à la récré, j'ai vécu le pire moment de ma vie. J'étais en train de discuter avec les autres, il est arrivé et nous a demandé de quoi on parlait. J'ai voulu répondre, mais j'ai genre bafouillé, puis ma voix est devenue tout aiguë, impossible de faire autrement, du coup, j'ai même pas fini ma phrase tellement j'avais une voix de pétasse. Je pense qu'il ne m'appelle pas parce qu'il a peur que je lui crève les tympans avec ma voix de merde. Mon frère vient d'entrer dans ma chambre et il est reparti sans fermer la porte, ça m'énerve ! Je vais attendre qu'il retourne dans sa chambre et je vais aller ouvrir la sienne... voilà ! En plus, il s'est levé pour la claquer sa porte et maintenant il se fait engueuler, je suis bien contente ! Allez, faut que je fasse ma géo sinon je vais encore dire « oui oui, j'ai fini mes devoirs » vu que j'ai passé toute la matinée à mon bureau, et après ça va être l'horreur, ma mère va vouloir qu'on aille se balader et moi je vais passer mon temps à me demander « quand est-ce que je vais pouvoir finir ma géo ? ». Ah, faut que j'aille mettre la table. C'est dingue, y a pas moyen d'être tranquille deux minutes dans cette maison. Pffff... j'ai vraiment pas envie d'avaler ces morceaux de caoutchouc. Ça peut pas attraper la grippe aviaire, les calamars ? Je crois que non. Dommage... me revoilà. De toute façon, on mange dans cinq minutes, je te laisse, on se fout sur MSN tout à l'heure ? Faut que je te raconte ma soirée au grec hier !

Gros bisous tout doux ma Laura préférée.

---

1. Si votre meilleure amie ne se prénomme pas Laura, ce qui serait assez surprenant, remplacez « Laura » par le prénom de l'autre, à l'aide de la fonction « remplacer partout ».

51

Lettre aux dirigeants d'un pays exportateur de pétrole

Les gars,

Vous ne le savez peut-être pas, ou peut-être vous le savez mais vous n'y attachez pas plus d'importance que ça : ici, chez nous, du côté de La Ferté-Bernard[1], on manque un peu de pétrole. On en a, c'est une affaire entendue, puisqu'on vous en achète pas mal de bons gros barils bien pleins, mais au total, si tu regardes bien, ça fait pas des masses quand même, en vertu de quoi l'essence qu'on met dans nos bagnoles nous coûte, passez-moi l'expression, la peau des fesses.

Or, d'après ce que m'a dit un copain qui est allé faire du tourisme chez vous cet été, du pétrole, vous en avez plutôt trop, de votre côté, et pour ainsi dire vous n'en avez pas tout à fait l'usage puisque vous n'avez pas tellement de bagnoles à faire rouler. Est-ce que vous ne pourriez pas nous en refiler un peu, en lousedé ? Nous, de notre côté, on peut vous avoir des prix assez attractifs sur les rillettes, vu qu'on n'est pas bien loin du Mans, et puis on est baignés par deux rivières, l'Huisne et la Même, et on peut vous dégoter de la friture comme vous aurez du mal à en trouver chez vous.

Je sais que vous n'avez pas trop le droit, pour des raisons religieuses, de me poser la question du jaja. Je vous indique quand même, à toutes fins utiles, qu'on fait chez nous un petit jasnières, un vin blanc pas cochon, qui donne des résultats assez troublants sur la rillette. Le problème, c'est qu'il faut une bagnole pour aller chercher les cubis, et la bagnole, comment qu'on la fait rouler ?

Je vous le fais pas dire, on se comprend.

En l'attente de votre réponse, veuillez agréer, cher exportateur, l'expression de notre sympathie sarthoise.

---

1. **La Ferté-Bernard** ne se trouve qu'à 41 kilomètres – ce qui est peu, même en scooter – de Mortagne-au-Perche, capitale planétaire de l'anonymat. Un vacancier lambda pourra donc, librement, et pour le dixième d'un plein, choisir entre les délices de Capoue-La Ferté-Bernard et l'ivresse d'un anonymat mortagnais très réputé (si on excepte le boudin noir, qui n'est plus anonyme depuis qu'il se fait appeler « boudin noir de Mortagne »). C'est de cette ouverture providentielle et rare que vient l'imparable slogan que chacun connaît : « Orne et Sarthe, départements de liberté. »

52

Lettre à un SDF (à remettre en main propre)

Cher SDF[1],

Parmi tous les inconvénients que comporte votre situation de « sans domicile fixe », je suis particulièrement sensible au fait que, dépourvu de domicile, vous ne disposez plus, *ipso facto*, d'une adresse postale valide. Vous ne pouvez plus, par conséquent, recevoir de courrier, ce qui est de nature, indirectement, à vous dissuader de lire le remarquable ouvrage du professeur Rollin, intitulé *Les Belles Lettres du professeur Rollin*, et qui, de surcroît, aggrave, en ce qui vous concerne, la déliquescence d'un lien social déjà douloureusement endommagé. Cette privation d'adresse est une injustice de plus qui s'ajoute « inutilement » à la longue liste des injustices et des mauvais hasards qui vous ont, je l'imagine, précipité dans la rue.

Il me semble essentiel que tous les citoyens, pauvres ou riches[2], puissent disposer d'une adresse postale personnelle et entretenir, dans la mesure de l'appétit de chacun, une communication épistolaire avec le reste du monde.

C'est la raison pour laquelle j'accomplis cet acte symbolique consistant à vous adresser, nonobstant votre absence d'adresse, cette lettre, elle aussi symbolique, que j'irai incessamment vous remettre en main propre, en vous souhaitant des lendemains meilleurs à tous les égards.

Bien à vous.

---

1. **SDF.** Ce sigle peut prêter à confusion. Il peut tout aussi bien signifier « sirop de fraise », « secret de famille », « sabre de fer », « sans danger formel », « système de filtration », « son de flûtiau », « sensation de fraîcheur », « signal de fin », « stage de frisbee », « sur douze fréquences », « salade dessert fromage », « soupe de fanes », « signes de fatigue », « syndic de faillite », « séance de fornication », « sparadrap de fortune », « souvenir de Finlande », « salaire de fonction », « sans défaut flagrant », « surveillance des faisans », « soulier de femme », « soif de futur », « sujet de fond », « sous des fauteuils », « sous-titrage de film », « spécialités de *farfalle* », « sourire de faucon », « sauter de face », « stock de fourrage », « sapeur dynamiteur forgeron », « soins des fesses », « salsa de folie », « sécurisation des fouilles », « saloperie de fouine », « saisissement de frayeur », « saison des fleurs », « santé décidément fragile », « sac de

fruits » ou « soirée danse free jazz ». Quand il signifie « sans domicile fixe », il s'oppose brutalement à « survenance du facteur ».

2. Le chanteur Francis Lalanne m'a fait un jour une confidence. Lorsqu'il était enfant, et déjà amoureux des mots, il avait pris l'habitude de recueillir les mots qu'il découvrait au hasard de ses lectures dans une petite boîte à trésors, un petit coffre à mots secrets. Et dans ce petit coffre vint un jour se placer le mot *zouriche*... une *zouriche*, avec un *z* comme zébu. Qu'était-ce donc pour le petit Francis qu'une *zouriche* ? C'était une pauvre chose, égarée et maltraitée... comme il l'avait entendu dans la chanson *Les Gens du Nord* d'Enrico Macias, une chanson dans laquelle on voit de malheureuses péniches porter, telles de pauvres zouriches, le fruit des efforts des gens du Nord.

Les gens du Nord
N'oublient pas qu'ils ont vécu des années d'enfer
Si leurs maisons sont alignées
C'est par souci d'égalité
Et les péniches
Pauvres ou riches
Portent le fruit de leurs efforts

Je suis désormais convaincu pour ma part que les *zouriches* existent bel et bien : leur dénomination chuintante décrit parfaitement leur situation humiliante et misérable. Les *zouriches* sont plantées là, au bord des chemins, à regarder défiler des bonheurs arrogants qui ne voudront jamais d'elles. Pauvres *zouriches*, méprisées, abandonnées, ignorées : « C'est comme si nous n'existions pas », se lamentent les *zouriches* lorsque sur leur nuit sentimentale tombe de surcroît la vraie nuit, noire et profonde.

Il est bel et bon d'adouber ces douloureuses *zouriches*, comme nous adoubâmes, il y a quarante-trois ans jour pour jour, les *mellokos*, une spécialité basque que l'on espérait nous faire prendre pour des « mets locaux », mais que nous nous entêtâmes à écrire *mellokos*, ce qui est infiniment plus appétissant. Celui qui repérera, dans tel ou tel fossé au bord d'une départementale, une tribu de *zouriches* lamentables et faméliques, sera bien inspiré de leur apporter quelques échantillons de *mellokos*, puisque les *zouriches*, dans le dénuement où le triste sort les a jetées, mangent de tout.

53

Lettre au directeur de la clinique privée Les Jonquilles à Trax-sur-Mer

Monsieur le Directeur,

Je me suis rendu tout récemment dans votre établissement pour faire extraire une épine d'oursin qui m'était rentrée dans le pied. Sur place, dans un décor digne des films de Shing-Lo-Yin[1], une impressionnante brochette de sphinges[2] éthérées m'ont[3] fait remplir une épaisse liasse de formulaires ésotériques, me priant au passage de fournir x certificats et y attestations, condition *sine qua non*, selon ces dames, de mon admission.

En fait, je crois que je me suis mal fait comprendre : je voulais juste qu'on m'enlève mon épine d'oursin.

D'où ma question, Monsieur le Directeur, puisque l'épine est toujours là, et moi aussi : peut-on, oui ou zut, me retirer purement et simplement cette épine du pied ?

Je vous prie d'agréer, et de passer une bonne nuit.

1. **Shing-Lo-Yin** : cinéaste chinois imaginaire, dont la mention suggère assez finement le caractère « inimaginable » du décor mentionné.

2. La **sphinge**, c'est un sphinx femelle. Un sphinx, c'est, au choix : un monstre mythique à corps de lion et à tête humaine, un personnage énigmatique ou le grand papillon nocturne, de la famille des sphingidés.

La sphinge nous entraîne donc dans le dédale obscur et tortueux de la mythologie. La plus belle représentation de sphinge, à ce qu'on dit, était perchée au sommet d'une colonne du sanctuaire d'Apollon à Delphes. C'est une sphinge en marbre, ailée de surcroît, datant de 560 av. J.-C., et qui dort désormais au musée de Delphes. Pour les détails concernant les pérégrinations et représentations du sphinx et de la sphinge, je vous recommande de vous adresser directement à mes FESS, mes deux Fondations pour l'Étude du Sphinx et de la Sphinge, la FESS égyptienne et la FESS grecque, car le domaine est trop vaste pour être couvert par une seule fondation, surtout dans le sable.

En tournant autour de la sphinge, on ne peut pas ne pas remarquer quelques mots rares commençant eux aussi par les lettres *sph*. Je passe rapidement sur la sphère, qui n'est pas rare, et dont le volume est égal, si je sais faire, à 4/3 de πR^3 même si la sphère est de bois. Je passe encore plus rapidement, on comprendra pourquoi, sur le redoutable sphincter. Mais comment ne pas aimer le sphacèle, fragment d'organe nécrosé, le sphène, silicate de calcium et de titane, ou la sphaigne, mousse dont la décomposition contribue à la formation de la tourbe ? Pourquoi ne pas protéger le sphex, grande guêpe qui creuse des terriers, ou la sphyrène, poisson marin vorace qui compte dans sa famille le terrible barracuda ?

Enigme orthographique dans la famille du sphinx : pourquoi est-ce le sphinx qui s'écrit comme syrinx et phorminx, et le lynx comme larynx et pharynx, et non pas l'inverse ? Pourquoi, pourquoi, pourquoy ?

3. Faut-il écrire « m'ont fait » ou « m'a fait » ? Pour le savoir, il suffit de poser la question : « Qui m'a fait remplir des formulaires ? Est-ce la brochette ? Sont-ce les sphinges ? » Ce sont, bien entendu, les sphinges. C'est le « m'ont » qui prévaut. En revanche, il faut écrire : une belle brochette de coquilles Saint-Jacques « a » eu raison de cette incoercible* faim de fruits de mer que je croyais insatiable.

* Tout n'est pas toujours possible. Il y a des biens que l'on ne peut pas céder : ils sont incessibles. Il y a des choses qui ne peuvent pas coexister : elles sont incompatibles. Il y en a d'autres qu'on ne peut pas comprimer, on les dit incompressibles. Les gens qu'on ne peut pas corriger sont incorrigibles, et ceux qu'on

ne peut pas corrompre sont incorruptibles. Ce qui est incoercible, c'est donc ce qu'on ne peut pas *coercer*. En effet, *coercere*, en latin, c'est contraindre. On forme sur ce verbe la coercition, qui est l'action de contraindre, l'adjectif coercitif, comme dans les mesures coercitives, « les mesures qui contraignent ». Ce qui peut être contraint ou comprimé est coercible, d'où son caractère de coercibilité ; et ce qui ne peut pas l'être est logiquement incoercible, d'où son caractère d'incoercibilité. Est dit « incoercible » ce qu'on ne peut pas contenir, ce qu'on ne peut pas réprimer, comme un rire, un désir, un sentiment. Il n'est donc pas interdit de penser qu'incoercible est synonyme d'irrépressible.

Attention ! Quand on parle de toux incoercible, cela ne signifie pas que tout est incoercible, cela signifie seulement qu'il y a quelqu'un qui ne peut pas s'arrêter de tousser. On administre alors à cette personne un sédatif, comme la codéine, que l'on peut se procurer dans le dictionnaire, une vingtaine de mots avant coercible. Tout cela est fichtrement bien organisé.

Petite parenthèse physique : il n'existe pas de gaz incoercible. Autrement dit, tous les gaz sont coercibles, c'est-à-dire qu'ils peuvent être retenus dans un certain espace, pourvu qu'on les comprime autant que de besoin. Les gaz obéissent ainsi à la loi de Mariotte. Mariotte était un physicien français, il se prénommait

Edme, allez savoir pourquoi, et c'est en 1676 qu'il a formulé sa loi, selon laquelle pV/T = constante, si V est le volume du gaz, p sa pression et T sa température. Cela peut paraître un peu cérébral, mais c'est une loi dont nous avons l'illustration chaque fois que nous utilisons un autocuiseur : la vapeur d'eau, qui est coercible comme tous les gaz, y est soumise à une forte pression, et puisque le volume ne varie pas, il faut pour que pV/T reste constant que T augmente, et il fait donc beaucoup plus chaud que 100 °C à l'intérieur du machin, et ça cuit plus vite.

C'est pour des raisons symétriques qu'il est difficile de cuire des nouilles sans autocuiseur en altitude, là où la pression de l'air est plus basse. La température d'ébullition de l'eau, qui est de 100 °C au niveau de la mer, descend à 72 °C au sommet de l'Everest, et voilà pourquoi il n'y a pas de restaurant italien à cet endroit.

54

Pourriel[1]

Viagra moins cher, jeux de casino à gains garantis, offres exceptionnelles, Cialis en promotion, jeux de casino à gains garantis, placements mirobolants, lampadaires allogènes[2] discount, rencontres faciles, soirées VIP exclusives, anxiolytiques à prix cassés, offres exceptionnelles, téléphonie toutes marques, Viagra moins cher, jeux de casino à gains garantis, lampadaires allogènes discount, placements mirobolants, téléphonie toutes marques, rencontres faciles, soirées VIP exclusives, anxiolytiques à prix cassés, soirées VIP exclusives, offres exceptionnelles, téléphonie toutes marques, Viagra moins cher, Cialis en promotion, jeux de casino à gains garantis, placements mirobolants, soirées VIP exclusives, rencontres faciles, anxiolytiques à prix cassés, offres exceptionnelles, téléphonie toutes marques, Viagra moins cher, Cialis en promotion, rencontres faciles, jeux de casino à gains garantis, lampadaires allogènes discount, placements mirobolants, offres exceptionnelles, placements mirobolants, anxiolytiques à prix cassés, Viagra moins cher, téléphonie toutes marques, Cialis en promotion, rencontres faciles, soirées VIP exclusives, anxiolytiques à prix cassés, lampadaires allogènes discount, Cialis en promotion.

Toutes nos offres sur http://www.pigeon.us

---

1. **Pourriel** : nom donné par nos inventifs cousins québécois aux courriels indésirables.

2. **Allogène** signifie : « D'une origine différente de celle de la population autochtone et installée tardivement dans le pays. » Une population allogène, que l'on appelle aussi, mais beaucoup plus rarement, « allochtone », c'est une population qui n'est pas autochtone, ni aborigène, ni indigène. Elle est allogène. Elle n'est pas étrangère, comme on le croit souvent, elle est simplement allogène. Car, quand on parle de territoire, il faut se méfier des glissements du sens : un indigène, ce n'est pas un sauvage, c'est quelqu'un qui est naturel, ou simplement natif, du pays dont on parle. Il y a des indigènes de Montmorency ou de Saint-Cloud, et ils ne sont pas vêtus de peaux de bêtes... ou alors dans les soirées costumées à thème préhistorique, comme il s'en organise presque quotidiennement à Saint-Cloud et à Montmorency où les occasions de rigoler sont plutôt rares.

Les Allobroges, peuple gaulois, constituaient en Savoie une population allogène, car ils étaient venus, comme leur nom l'indique, d'un autre pays. Avant eux, en Savoie, il y avait les Ceutrons et les Médulles. Mais tout s'est finalement bien terminé, les Allobroges se sont fort bien intégrés, puisque l'hymne actuel des Savoyards n'est autre que le fameux *Chant des Allobroges*, dont le refrain nous dit ceci :

Allobroges vaillants ! dans vos vertes campagnes
Accordez-moi toujours asile et sûreté
Car j'aime à respirer l'air pur de vos montagnes :
Je suis la Liberté ! la Liberté !

Si nous avions un peu de temps devant nous, je vous aurais volontiers entretenu des populations allogènes de Gênes, et des populations indigènes de l'Inde. Mais je suis attendu au concert annuel de la Chorale des Bretons d'Alsace, qui va nous interpréter comme chaque année l'hymne national breton, le *Bro Goz*, dans lequel on retrouve la racine celte de *brog*, « le pays », signalée il y a à peine quelques lignes.

Du reste, je ne sais pas pourquoi je vous raconte tout ça, puisque c'est une grossière faute d'orthographe qui nous a placés sur la route d'« allogène », en lieu et place d'« halogène », bien mieux adapté pour qualifier un lampadaire.

55

Lettre, un peu froide, à sa mère

Chère maman,

Tout se passe toujours bien ici, à l'Observatoire antarctique Pierre-Chombardin. Hier, pour la première fois depuis un peu plus de deux ans, le thermomètre est passé au-dessus de – 40 °C, et nous avons pu en profiter pour sortir du hangar pendant une bonne dizaine de minutes, grâce à nos combinaisons d'amiante.

Nous venons de recevoir notre ration annuelle de fruits et de légumes secs, et cette livraison nous jette, tous autant que nous ne sommes pas, dans un état de quiétude proche du nirvana. Les lentilles du Puy sont là, les haricots tarbais, les cocos de Paimpol, les fèves de Damas, les figues de Patras et les dattes d'Oran, les abricots de Carpentras, les papayes de Djakarta, les noix de pécan de Durango et les pois cassés de La Ferté-Saint-Aubin... Bref, tout ce ravitaillement sec, providentiel et parfaitement légal, concourt à conférer à notre équipe, toujours composée d'un seul bonhomme, à savoir moi-même, une sérénité propice à la poursuite de nos observations météorologiques. Comme je te l'ai écrit dans ma dernière lettre, il est tout à fait certain que la planète se réchauffe, je le mesure chaque matin, même si de notre côté nous continuons, selon l'expression un peu leste de mon camarade Henri, mort de froid en juillet dernier, « de nous peler bravement le jonc ».

Tu m'écris que Suzanne est tombée du toit. Cela ne m'étonne qu'à moitié, ma sœur a toujours été maladroite, et elle aurait dû, pour obvier[1] à ce genre d'épisode désagréable, choisir un autre job que l'observation des cigognes. Tu ne me précises d'ailleurs pas la gravité de la chute, et en particulier tu ne me dis pas si Suzanne en est morte. N'oublie pas de m'en informer dans ton prochain courrier.

Je pense beaucoup à toi, chère maman, et également à mon vulcanologue de papa qui aurait été ravi de me savoir bien portant, s'il n'avait pas eu la maladresse de faire cette chute (dont tu me confirmeras à l'occasion qu'elle lui fut fatale) dans le cratère en fusion du Popocatépetl.

Prends bien soin de toi, maman chérie, surtout au-delà des quarante mètres : les fonds marins sont parfois très glissants.

Je t'embrasse bien chaudement.

---

1. **Obvier**, selon *Robert* : verbe transitif indirect, signifiant « mettre obstacle, parer à un mal,

un inconvénient ». Obvier à un oubli, obvier à l'adversité.

Selon une autre source, obvier, c'est « prévenir quelque chose de fâcheux en prenant les mesures nécessaires, en y faisant obstacle ». Chez d'autres auteurs encore, on trouve des synonymes du verbe obvier ainsi énumérés : parer à, se garder de, faire obstacle à, remédier à, échapper à, contourner, pallier, empêcher, se protéger de, détourner, éluder, esquiver, prévenir.

J'en déduis, et vous me le pardonnerez, que l'on devrait considérer « obvier » comme un verbe transitif direct. Si « obvier » c'est « remédier à » ou « échapper à », alors « remédier à un problème » ou « échapper à ce problème », c'est « obvier ce problème », et non pas « obvier "à" ce problème ».

Heureusement, *Robert* tranche d'entrée de jeu ce douloureux débat en citant Théophile Gautier soi-même, qui a écrit je ne sais où « pour obvier à cet inconvénient ». Donc, je m'aligne : obvier à un inconvénient, obvier à un obstacle, obvier à une catastrophe, obvier à une contrariété.

Obvier étant consolidé dans sa construction, reste à le conjuguer. D'abord au présent de l'indicatif : j'obvie tu obvies il obvie nous obvions vous obviez ils obvient… puis aux temps un peu plus délicats que sont le passé simple de l'indicatif : j'obviai tu obvias il obvia nous obviâmes vous obviâtes ils obvièrent… et enfin, c'est incontournable, au redoutable imparfait du subjonctif : que j'obviasse que tu obviasses qu'il obviât que nous obviassions que vous obviassiez qu'ils obviassent.

Plus utile peut-être que le verbe « obvier » est l'adjectif « obvie », issu quant à lui d'une autre étymologie latine d'obvier, aujourd'hui obsolète, et qui signifiait : « aller, ou venir, au-devant ». Le sens obvie d'un texte sacré, c'est alors le sens qui se présente tout naturellement à l'esprit, qui saute naturellement à la comprenette, c'est le sens prégnant. « Obvie » est ainsi synonyme d'évident.

« Monsieur le Préfet, je ne suis pas sûr d'avoir décrypté chaque méandre de votre déclaration, mais il me semble à tout le moins en avoir capté le sens obvie. » Réponse du préfet : « Repos, mon petit vieux, vous pouvez fumer. »

56

Lettre pour entamer par correspondance une partie d'échecs à qui perd gagne[1]

g3...

---

1. Le « qui perd gagne » (QPG), que les anglophones appellent « *Losing Chess* », est une des nombreuses variantes du jeu d'échecs, une variante tout à fait sérieuse et passionnante dans laquelle la prise est obligatoire et dont le but est de se débarrasser de toutes ses pièces. Tous les détails sont à l'adresse http://www.pion.ch

57

Lettre à un cousin de province mélomane

Mon cher cousin[1],

Puis-je me permettre de t'exhorter à la vigilance la plus extrême ? Non ?

Si ?

Vraiment, je peux ?

Sûr ?

Sûr sûr sûr ?

En ce cas, écoute bien ceci : si d'aventure, dans ta lointaine province enclavée (et je n'y suis pour rien, si elle est enclavée, c'est comme ça, c'est regrettable, je le déplore autant que toi, mais que veux-tu que j'y fasse, donc bon bref...), si dans ton coin se produit, par chance, le jeune saxophoniste Jean-Charles Richard, retiens bien ce nom, mon cher cousin..., alors ne le manque sous aucun prétexte. Son récital solo de saxophones soprano et baryton est une pure merveille d'invention, de virtuosité, de musicalité, de présence, d'émotion, d'humour et j'en oublie.

Au passage, mon bon cousin, la présente recommandation est pour moi l'occasion inespérée d'utiliser à bon escient cette formule désuète que j'affectionne tant : « Tu vas te régaler, mon cousin ! »

---

1. L'air de rien, ce modèle de lettre est le plus souple et le plus pratique de tout le recueil. Il peut en effet, au prix de quelques aménagements sommaires, être adapté à n'importe quel(le) provincial(e) mélomane : cousine, neveu, nièce, oncle, tante, père, mère, fils, fille, frère, sœur, grand-père, grand-mère, petit-fils, petite-fille, gendre, bru, ou inconnu(e) tiré(e) au hasard dans l'annuaire des mélomanes de province.

58

Lettre de cachet

(voir « Lettre de jussion » n° 28)

59

Dépôt de plainte auprès du procureur de la République pour des faits d'une extrême gravité

Monsieur le Procureur,

Je souhaite par la présente déposer une plainte contre X, subséquemment aux événements ci-après :

La chose, inouïe comme vous allez pouvoir en juger – encore qu'inouïe ne soit pas en l'occurrence le mot le mieux adapté –, a eu lieu mardi dernier, vers 9 h 47. J'effectuais paisiblement ce qu'il est convenu d'appeler des « courses d'épicerie générale » chez... (*inscrivez ici le nom de votre hypermarché habituel*), mon hypermarché habituel, lorsque soudain, tandis que j'étais, toujours paisiblement, penché au-dessus du rayon « lard » (lard entier, lardons, fumés ou nature, en dés ou en bâtonnets, tranches de lard par 2, 4 ou 8, bacon, etc.), un individu, habilement dissimulé derrière la gondole des produits pour animaux (nourritures pour chats, pour chiens, oiseaux, hamsters, poissons, et accessoires divers et variés pour toutes ces bestioles), s'est écrié, d'une voix de stentor[2] : « ... (*inscrivez ici votre prénom*) est un incorrigible pignouf ! » Instantanément, un silence de plomb s'est abattu sur tout le magasin. Les clients, comme pétrifiés, promenaient alentour leur regard terrifié pour tenter d'identifier[1], parmi la foule des usagers, le destinataire de l'invective ignoble qui résonnait encore à leurs oreilles horrifiées[1].

Je me suis alors servi de mon intelligence, et j'ai articulé le raisonnement suivant : si je demeurais, l'air de rien, penché sur le lard, les autres clients auraient tôt fait de déduire du fait qu'eux-mêmes ne se prénommaient pas... (*inscrivez ici votre prénom*) que j'étais bel et bien l'incorrigible pignouf qui venait d'être désigné (ma phrase est un peu ampoulée, c'est l'intelligence qui veut ça). Grillé pour grillé, j'ai donc choisi de m'élancer à la poursuite du coupable, bien conscient qu'il ne subsisterait dès lors plus aucun doute sur ma qualité supposée de pignouf, mais que j'aurais du moins le plaisir de prendre l'ennemi la main dans le sac de nourriture pour animaux de compagnie. Las ! ce X est un malin : lorsque j'ai surgi à la hauteur des cages à souris, je n'ai eu que le temps de voir une lâche silhouette[2] s'évanouir à une vingtaine de mètres de moi, au niveau de la sortie sans achats, puis disparaître dans le dédale[2] de la galerie marchande (Librairie Maison de la Presse, Fleuriste, Bijoutier Horloger, Ressemelage rapide, Pharmacie, Croissanterie).

Vous devez retrouver ce criminel, Monsieur le Procureur, et lui faire rendre gorge. Il faut qu'il rende des comptes, qu'il explique, clairement et publiquement, à la justice de son pays en quoi je suis un pignouf, et surtout en quoi je suis incorrigible.

Je dispose d'un indice, que je soumets à votre sagacité : ce X est le sosie vocal de mon beau-frère.

Veuillez agréer, Monsieur le Procureur, l'expression de ma hâte anxieuse et révoltée.

---

1. Exemple rare d'allitération en « fié ».

2. Encore une belle antonomase !
— Stentor, personnage de l'*Iliade*, d'Homère, est un guerrier grec dont la voix d'airain* lui permettait de crier « aussi fort que cinquante hommes ». La déesse Héra utilisa la force vocale prodigieuse de Stentor pour stimuler l'ardeur et le courage de l'armée grecque lors du siège de Troie.
— Étienne de Silhouette est un homme politique français, 1709-1767.
Il fut contrôleur général des finances de Louis XV. C'est lui qui inventa l'impôt sur les portes et fenêtres. Ses ennemis donnèrent son nom à des dessins le représentant en quelques traits, pour évoquer ainsi l'état auquel ses mesures réduisaient ceux qu'elles touchaient.
— Dédale, personnage de la mythologie grecque, est l'architecte génial qui a conçu le labyrinthe où est enfermé le Minotaure.

* L'airain, c'est le vieux nom du bronze, ce bronze qu'on ne présente plus, et qui est un alliage de cuivre et d'étain.

Si on accepte d'appeler *campanologie* l'étude des cloches, on acceptera de dire que l'airain désigne en *campanologie* l'alliage utilisé pour la fonderie des cloches, et qu'alors un peu de zinc s'ajoute au cuivre et à l'étain.

Mais l'airain, « coulé » par le bronze, au sens propre, survit essentiellement au sens figuré, et c'est en ce sens qu'il est employé ici.

Chacun connaît, en premier lieu, la loi d'airain, cette loi décrite par l'économiste allemand Ferdinand Lassalle, né à Breslau en Pologne en 1825 et mort à Genève en 1864. Lassalle a énoncé, et même dénoncé, la loi d'airain comme étant la loi qui, en régime capitaliste, réduit mécaniquement le salaire de l'ouvrier au minimum vital. Pas de quoi pavaner, donc. Pour les capitalistes, j'entends.

D'un autre côté, nous avons tous en mémoire, du moins je l'espère, la biche aux pieds d'airain, la biche de Cyrénie, qui est l'enjeu du troisième des travaux d'Hercule. Rien de bien excitant, du reste, dans ce travail-là : Hercule, alias Héraclès, poursuit cette biche pendant toute une année, au bout d'un an il la touche d'une flèche bien placée au moment où elle traverse le fleuve Ladon, et le tour est joué. À côté de l'hydre de Lerne ou du sanglier d'Érymanthe, c'est de la petite bière.

Toujours au figuré, il n'existe malheureusement pas de noces d'airain : il faut se contenter des noces de bronze qui célèbrent vingt-deux ans de mariage, ou alors, pour les plus ingénieux, fêter le même jour les noces d'étain et les noces de cuivre, qui couronnent respectivement dix et trente-deux ans de mariage. Alliance de l'alliage, alliage de l'alliance. Notez au passage qu'en matière de longévité conjugale le métal le plus coté est encore un alliage, le vermeil, alliage d'or et d'argent qui récompense soixante-dix ans de mariage.

Le grand poète Alfred de Vigny devait avoir une affection particulière pour l'airain : dans le premier poème du recueil des *Destinées*, finement intitulé « Les destinées », Alfred cite en effet trois fois l'airain en 123 vers, une fois dans un doigt, le doigt d'airain, « doigt des Volontés inflexibles et graves », une autre fois dans les pieds, en l'espèce « leurs pieds d'airain, leur main inexorable et leur face inflexible », une troisième fois dans les tables, il s'agit des « tables d'airain où notre loi se grave ». Dans la suite du recueil, on trouvera également des « colonnes d'airain » et une « colombe au bec d'airain », voilà un poète qui avait l'airain solide.

Petite révision concernant les alliages : un alliage de cuivre et d'étain, c'est donc du bronze, ou de l'airain, on l'a dit. L'alliage du fer et du carbone, c'est l'acier, comme disait l'empereur d'Éthiopie. L'alliage du cuivre et du zinc, c'est le laiton, comme on dit à Riga. L'alliage du cuivre et de l'argent, c'est le billon, billon noir ou billon blanc. Enfin, un alliage de cuivre, de zinc, de nickel, d'argent, de plomb et de fer porte le nom de maillechort, d'où le dicton bien connu : « Le maillechort, c'est un peu n'importe quoi. »

Remerciements

Merci à Daniel Goossens pour ses exquis croquis, à Erik Orsenna pour ses encouragements, à Raphaëline Goupilleau pour ses « simoneries », à Olivier Helle, Daniel Finot, Diane Deliège, Frédérique Drouin, Rémi Waterhouse... et merci plus généralement à tous ceux qui le méritent.

Table

RÉALISATION : GRAPHIC HAINAUT À CONDÉ-SUR-L'ESCAUT
IMPRESSION : CPI BRODARD ET TAUPIN À LA FLÈCHE
DÉPÔT LÉGAL : FÉVRIER 2009. N° 98180 (50943)
IMPRIMÉ EN FRANCE